アパートたまゆら

砂村かいり

わたしはいわゆる潔癖症だ。除菌ジェルは必携。公共の乗り物に乗るときは、マスクと手袋が欠かせない。海やプール、温泉が苦手。そんなめんどくさい性質のわたしはある夜、鍵を忘れてアパートに帰ってきてしまった。部屋に入れず途方に暮れていると、隣人の男性から思いがけない提案──「よかったら、うち泊めますけど」。わたしは思い切って申し出を受けることに。これを機に始まった交流の中で、徐々に彼との距離は縮まるが──。わたしと彼を隔てるのはアパートの壁一枚……だけじゃない⁉　距離は近くても道のりは険しい、王道の恋愛小説。

アパートたまゆら

砂 村 か い り

創元文芸文庫

APARTMENT TAMAYURA

by

Kairi Sunamura

2021

目次

プロローグ 九
第一章 出会う 一一
第二章 気づく 四九
第三章 告げる 八九
第四章 染まる 一三九
第五章 決める 一八七
第六章 重なる 二三三
第七章 燃やす 二七三
エピローグ 三三三
番外編 追いかける 三三七
あとがき 三三八

アパートたまゆら

プロローグ

雨の日は嫌いだ。バスに乗らなければならないから。

ウールの手袋をするにはまだ少し早い季節なので、わたしは塩化ビニール手袋（抗菌タイプ）をぴっちりとはめた手で吊革《つりかわ》につかまる。

今日の運転手はベテランではないのだろうか。ブレーキを踏みこむたびに車体が揺れ、後ろに立っている学生風の若い男性の上半身がわたしの背中にあたる。

ああ、早くこのコート、除菌スプレーしたい。

まだ会社に着いてもいないのに、わたしの頭はそんなことでいっぱいになる。せめて自分は前に立つおじさんにぶつからないよう、左手に持った傘の柄を杖《つえ》のように握りしめ、パンプスの爪先でしっかりと踏んばる。

車内に充満する体臭、香水、その他もろもろのにおいが可視化されてわたしを包もうとしている気がして、マスクの下でさらに唇をかたく引き結ぶ。

あとは会社最寄りのバス停に着くまで、誰かの涙のような雨が車窓を叩くのを、人の頭越しに見ていた。

次からは絶対、面倒でも駅前に出てバスターミナルから始発に乗ろうと思い定めながら。

わたしはいわゆる潔癖症だ。不潔恐怖症とも呼ばれるあれだ。

自己診断だけれど、軽度から中程度のものだと思っている。

除菌ジェル（ウイルス対応タイプ）は必携。

お金や動物に触《さわ》ったら、即除菌。

公共の乗り物に乗るときは、マスクと手袋が欠かせない。

海やプール、温泉が苦手。

そして――たとえ恋人が相手でも、積極的にキスはしたくない。

特に、深いやつは、無理。

かといって、処女でもないのだけど。

そんなめんどくさいわたしが、隣人に恋してしまうことになるなどとは、思ってもみなかった。

第一章　出会う

仕事を終えてまたバスに乗り、駅ビル内のスーパーで食材を買って、レジ袋と傘を手にアパートに戻る。

帰りには雨はやんでいて、それでもバスに乗らなければならないのはちょっと損した気分だった。会社に置き傘ならぬ置き自転車をしたいくらいだ。

私鉄の駅からたらたら歩いても十分かからずに帰り着く、四階建ての建物。

「アパートたまゆら」。それがわたしの住む集合住宅の名称だ。

転職に合わせて東京の外れにあるこの町に住むことを決めた二年前、不動産屋をハシゴして窓にべたべた貼られた間取り図を見て回っていたわたしは、その名前に感じるものがあって足を止めた。

パレスとか、カーサとか、ラ・メゾンとか。「家」を意味する外国語はいくらでもあるのに、ド直球で「アパート」を選択し、さらに大家さんの名前でも地名でも建物の特徴でもない「たまゆら」という単語をつなげたそのセンスに。

間取りは2DK、48平米。ひとり暮らしには申し分ない広さだ。全室フローリングで、セパレートのバスとトイレにはそれぞれ窓もある。

二〇二号室が即入居可能、すぐに内見できますと不動産屋の若い男は如才《じょさい》なく笑った。わざわざ車で行くほどもない距離を煙草《たばこ》くさい小さな社用車に乗せられて線路沿いに走り、商店街に入ってすぐに「あれですよ」と指されて最初に目に入ったのは、淡いモスグリーンの壁から突き出た欧州風の白いベランダだった。

あのベランダで夜空を眺めながらココアを飲む自分が、一瞬でイメージできた。

オートロックやお風呂の追い焚《だ》き機能がないのは残念だし、家賃も二千円ほど予算オーバーになってしまうが、構わなかった。

わたしは一刻も早くアパートたまゆらの住人になりたかった。

あれから二年と半年。

今年の春先に更新料を支払い、わたしはこのアパートの二〇二号室に住み続けている。仕事のほうもうまく続いて、夏が来る前に二十七歳になった。

部屋を清潔に保ち、防虫に力を尽くし、インテリアに凝《こ》った。住めば住むほど、部屋と心を通わせられる気がした。

星はあまり見えなかったけれど、気分のいい夜は欧風の白いベランダでココアを飲んだ。

こんなに住みよい物件なのに転居してゆくひとはいて、引越しのトラックが横づけされているのを年に数回見た。その都度、ほどなくして入居者の引越しトラックを見ることになった。ひとの数だけ、事情があるのだろう。家族が増えたり。その逆だったり。転勤になったり。何の障《さわ》りもなくても、ひとところに留まれないひともいるだろう。

まさに、たまゆら。ほんのしばらく。束《つか》の間《ま》。しばし。

玉がゆらぎ触れ合う音のかすかさのような、ごく短い、人生の中のほんの一瞬を、ひとは同じアパートの屋根の下で過ごすのだ。

秋の長雨が続いている。

いつものように押し開きのドアを軽い体当たりで開きながら入室すると、

「木南《きなみ》さん、最近早いねえ」

主任の外口《そとぐち》さんに笑顔を向けられた。ミルクティー色に染められた髪は今日も豪快な縦ロールで、耳にはフランスのブランドのロゴをそのまま象《かたど》った大ぶりのピアスが光り、その爪は鮮血のような赤に塗られている。

見た目は派手だけれど、信頼できる上司だ。つけている香水も比較的さわやかなものだ。

「雨だと、ちょうどいい時間に出るバスがなくって。もう一本遅いとぎりぎりになっちゃうから」

「そっかあ」

外口さんはうなずいて、コンビニの菓子パンの袋を破き始める。彼女はいつもデスクで朝食をとる。

やがて、他の同僚たちもぱらぱらと出社してくる。型通りの挨拶を交わし、身の回りを整える。わたしはいつも通り、自分のＰＣのマウスや机まわりを除菌ティッシュで拭《ぬぐ》った。

九時に始業チャイムが鳴り、毎朝の簡単なミーティングをその場で行う。

十時には電話がけたたましく鳴り始める。ＰＣのｗｅｂマニュアルを操作しながらインカムマイクで対応し、その履歴を基幹システムに記録してゆく。

家庭用浄水器を主力製品とするこのメーカーで、わたしは「お客様サポートセンター」のオペレーターとして働いている。小規模なコールセンターのようなものだ。電器屋やホームセンターで販売されているだけでなく、不動産会社と契約してマンションなどの集合住宅にも設置されている商品なので、使用方法や不具合についての問い合わせの電話は多い。

「はい、ではまず型番を確認いたしますので、お手数ですが箱の裏面に記載されているＸＣから始まる番号を読み上げていただけますか？」

「ご迷惑をおかけいたしまして申し訳ありません。ではまず、具体的なご使用状況を確認させていただきます」

すっかり板についたマスタートークを使いこなし、対応別のｗｅｂマニュアルを開きながら案内を進めてゆく。ほとんどはそこで解決するが、まれに埒《らち》の明かないケースや担当外の問い合わせもあり、然《しか》るべき部門にエスカレーション（転送）する。

わたしがこの会社に落ち着いている要因のひとつとして、就労環境が衛生的であることは非常に大きい。

床や廊下は清掃業者によって隅々まで磨き抜かれ、インフルエンザの季節以外も随所にアルコールスプレーが設置してあり、トイレの照明は人感《じんかん》センサーで、便座シートやタオルペーパーも備えつけられている。

給湯室の水道には自社製品である浄水器が取りつけられ、いつでもきれいな水が飲める。わたしはもちろん、水をさらに沸かしてから使うけれど。


新卒で入った会社は、端的に言えば、合わなかった。

地元では名の通った輸入車ディーラーで、整備工場も備えており、わたしはショールームの受付を担当していた。

仕事的には、それほどきついということはなかった。高級な外国車を購入することができるくらいのハイクラスな客層だったから、粗野《そや》なふるまいをしたり悪質なクレームをつけてきたりするような品のないひとはほとんどいなかった。

ただ、就労環境がよくなかった。

始業四十分前には出社して、事務所と売り場の掃除をすることが不文律《ふぶんりつ》になっていることを、入社して初めて聞かされた。

水回りはすべて女性の仕事で、整備士たちが飲むための紅茶をポットいっぱいに作り、全員の机を水拭きし、トイレの掃除も男性用まで分担した。もちろん無給で。

先輩の女性社員たちが、自ら男性陣のマネージャー的役割に身を捧《ささ》げている節があった。経理事務のひとが不在のときは、整備代や車検代の受け取りを代行した。お金を触った手を洗いに行きたくても、なかなかできなかった。

トイレ掃除は決められた時間のほか、自分が使うたびに全体を清掃し、ペーパーを三角に折り、壁に貼られたリストの項目にチェックを入れなければならなかった。それを思うと憂鬱《ゆううつ》になってしまい、休憩時間が来るまで尿意をこらえる習慣がついてしまった。

社長の意向で事務所内にもショールームにもごみ箱はなく、みんな自分のポケットや引き出しにごみを溜めこみ、休憩時に収集所へ直接持ってゆくか、自宅へ持ち帰らなければならなかった。

そんなおかしなルールがいくつも存在した。

我慢を重ねて得た初めてのボーナスは、額面で三万円だった。見間違いかと思った。

たしかに、待遇の文面の「賞与は年一回支給」の横に「※ただし業績による」と書かれてはいたけれど。

やがてストレスのあまり胃をこわし、息を胸の奥まで吸いこめないような酸素を取りこみにくいような、おかしな息苦しさに襲われるようになった。

初めて有休を使って休養した翌日、信頼していた先輩に思い切ってもやもやを吐き出したとき、「じゃあ、自分だけやらなきゃいいんじゃない？　でも会社への感謝があればできると思うけどな」と一蹴《いっしゅう》されて、心の奥で何かが崩れ落ちた。

今の会社は、口コミサイトで懸命に労働環境を調べ、面接の前にさりげなくトイレも借りてチェックした。

顧客は電話の向こうにいて、不要な接触はない。基本的な製品情報と緊急の対応方法さえ頭に入れてしまえばスムーズに働くことができた。ショールームでの接客経験が活《い》きて、ビジネス敬語にも不自由しなかった。

社内に特段嫌なひともいないし、これといって不条理を感じることもない。

水槽の水を取り替えてもらった金魚のように、わたしは息を吹き返した。

この職場でなら、呼吸することができる。

――そろそろ、本気になれる恋に出会ってもいい頃ではないだろうか。

心にゆとりが生まれると、二十代らしい願望が芽生えてはしゃぼんのように消えていった。

数々の手痛い経験と潔癖症が、わたしを恋愛に億劫《おっくう》にさせていた。

初体験は、高校三年の終わりに済ませた。

それまで清らかな付き合いしかしてこなかったわたしにとって、それは上京する前の通過儀礼のようなものだった。

娯楽の少ない環境で、健気《けなげ》に処女を守っている女子はクラスでも少数派だった。

このまま東京に出るのは、さすがにやばいのではないか。都内の大学に合格が決まったとき、真っ先に思ったのはそんなことだった。

自分にずっと好意を寄せている相手の存在に、わたしは気づいていた。

同じ写真部の仲間で、久米《くめ》という男。

十名以上いた部員の中でなぜか波長が合い、いつも軽口をたたき合っていた。フィルムを現像するときも、ネガから写真を焼くときも、大会用のパネルを作るときも、たいてい一緒だった。

久米はいつからかわたしのことを「紗子《さこ》」と名前で呼ぶようになり、そうされるとなんだか長いこと付き合いのある幼なじみのような錯覚を覚えたりもした。

仲が良すぎて部内では「クメサコ」とユニット名のように呼ばれたりしたけれど、自分は友達としか思っていなかったので、彼氏ができるたびに相談したりのろけたりした。

「まーたオトコできたのかよ、潔癖症のくせに」

彼はわたしをよく知っていた。

小学校の「保健だより」で拡大された黄色《おうしょく》ブドウ球菌と大腸菌の写真を見て以来、世界が汚れて思えることも。キスの段階に至るたびに破局が訪れ、長続きしないことも。

卒業式のあと、なんとなく部室へ行ってみると、申し合わせたわけでもないのに久米も来ていた。

それぞれのクラスの打ち上げに行かなかった理由を、わたしたちは互いの瞳の奥に探し合った。

先輩たちが残した古いラジカセが置いてある窓辺に寄り添って三年間の思い出をぽつぽつと語るうちに、自然に唇が重なった。

こいつとなら、もしかしたら。

そう直感したことが見抜かれた。

ほとんど衝動的に手を取り合って暗室に入り、内側から鍵をかけた。

久米は暗室の水道で丁寧に手を洗い、制服のポケットから避妊具を取り出してみせた。

「……おまえの嫌がること、絶対しないから」

初めて同士、震える指でぎこちなく抱き合った。

久米は本当に、わたしの嫌がることをしなかった。唇が軽く触れ合うだけで、電気のほとばしるような衝撃が全身を走った。

パネルを立てかけるのに使われていた古いソファーを雑巾で拭いて、その上にやさしく押し倒され、わたしは制服姿のまま処女を喪失した。

地元の国立大学に進学する久米とは、それきりだった。

何の約束もしなかったし、そもそもわたしは彼に恋をしたわけではなかった——恋になるのを無意識に恐れたのかもしれなかったけど。

何度か着信を無視し続けたら、それでおしまいだった。

それでよかった。

東京は刺激的だった。

太く脈打つような大都会の熱気に、わたしは積極的に飲みこまれていった。

雪国で育ったちっぽけな自分を変えたくて、変わった自分を確かめたくて、クラスコンパでもサークルの飲み会でも合コンでもなんでも参加した。

それなりにいい雰囲気になる相手はいた。体臭がなく、きちんと手洗いする習慣を持つ男に限って、わたしは心を許した——許そうとした。

少しめんどくさいわたしをまるごと受け入れてくれるような器の大きな男とは、なかなか出会えなかった。ほとんどの男は、同世代の女たちの頭の中より服の中身に価値を見出《みいだ》し、貪《むさぼ》ろうとしていた。

性急に距離を詰めてこられるたび、自分の中で防御本能がアプリのように起動するのを感じた。唇を唇で割って潜りこんでこようとする動きを拒めば、気まずくなるのは当たり前だった。

「おまえ、なんの覚悟もなく男と付き合ってんのかよ」

そんな言葉を投げられたこともあった。否定の言葉が喉元《のどもと》までせりあがり、結局なにも言い返せずに終わった。

すべてを委《ゆだ》ねてもいい相手、人生観を変えてくれるほどの相手にはめぐり会えない。東京が、ひとつのちっぽけな町に思えてきた。

社会人になる頃には世の中の衛生意識もより高まって、除菌ジェルを持ち歩いても奇異の目で見られることはなくなった。

潔癖症に対してより自覚的になり、一度は髪の毛を人生初のボブにした。髪には埃《ほこり》や汚れはもちろん、空気中の菌やウイルスも付着するからだ。

それでも、年頃の女性としての欲求を優先する程度に、わたしの潔癖症はたいしたことはなかった。おしゃれはしたいし、おいしいものだって食べたい。いつかは誰かと体温を分け合って眠りたい。

貯めたお金で台湾やベトナムを旅し、屋台料理に挑戦するくらい思いきったこともできた。なんだ、案外わたし普通じゃん。自分の可能性を感じた。

髪の毛は気づけばまた、肩甲骨のあたりまで伸びている。

大学時代の友人の家に招かれたとき、ラップでぐるぐる巻きにされたリモコンの数々を見た。彼女の母親が重度に近い潔癖症とのことだった。

彼女の部屋に入り語らっていると、廊下からシュッシュッという音がした。客の歩いたあとを母親がアルコールで除菌する音であることは容易に察しがついた。

不快感はなかった。自分など、めったなことでは他人を自宅に呼びさえしない。

上には上がいる。ただ、そう思った。

輸入車ディーラーを辞める少し前、整備士の男と関係を持った。例の先輩の彼氏だった。

寡黙だがどことなく機微の通じる男で、キスのとき少し顔を背《そむ》けるだけでわたしの意図するところを察してくれた。厚い皮膚から車のオイルのにおいがした。

もとより他人のものだから執着し合うこともなかった。関係はすぐに互いの部屋でコーヒーを飲むだけのものにシフトし、後腐れなくフェイドアウトした。転居先も転職先も訊かれなかった。

わたしはきっと、自分の可能性を試してみたかったのだろう。人並みに恋や性愛を楽しめることを、確認したかったのだろう。

今の町とアパートたまゆらに落ち着いた頃、呪いじみた文面のメールが先輩から届き始めた。わたしは無の境地でそれを削除し続けた。

こんなもんか、恋なんて。命を賭《と》すほどの価値もない。誰もわたしの心なんてほしくないのだ。

二十五歳にして人生というものに少し疲れ始めていたわたしはそう思った。

以来、その価値観はアップデートされないままだ。


十月半ばの、月の明るい夜だった。

定時で仕事を終え、いったんアパートたまゆらに戻って自転車を置いたわたしは、黄色い電車に乗って都心に出た。

そんなに多くない友人の貴重なひとり、というか親友だと思っている美冬《みふゆ》と、食事の約束をしていた。

わたしの軽度潔癖症を誰よりも理解してくれている彼女が選ぶ店は、間違ってもテーブルや椅子がべたべたしていたり、コップの水が変なにおいだったり、店員がカトラリーをテーブルに直接置いたりすることはない。

それでもわたしは持ち歩いている除菌ウェットティッシュでテーブルを拭う。そしてようやく安心して腕を乗せる。

「相変わらずだね、紗子は」

コスメブランドのビューティーアドバイザー、略してＢＡと呼ばれる美容部員をしている美冬は、いつものように店舗から持ってきたスキンケアやメイクアップのサンプルをどっさりくれた。

「ありがとう、まじ助かる」

「たまには買ってよね」

「はーい」

くすくす笑いながらサングリアを呑《の》む。ラザニアをつつき、カッペリーニをすする。

週半ばの水曜日だけど、美冬に最近彼氏ができたので、その報告とお祝いでわたしたちはしこたま呑み、旺盛に食べた。

サービス業に従事する美冬は平日休みが基本だ。今日が早番、明日が休みという美冬のスケジュールに合わせて会うことになったのだ。

美冬の新しい恋人は、若手の舞台役者なのだという。

いわゆるハイスペ婚を目指してハイクラスな飲み会やイベントに参加していた彼女なので、少し驚いた。夏の終わりに別れた相手だって、どこかのＩＴ企業の社長だった。

「正直疲れちゃったんだ、そういうの。一周回ってやっぱり人間ハートだって気づいたわけよ。それに、いくら金持ってたって顔がアレだとね、ときめきが持続しないわ」

「いいと思うよ」

苦笑しながら彼女のグラスにトクトクとワインを注ぐ。イタリアワインは、少し酸っぱい。

「わたしの知ってる劇団かな」

「知らない知らない、一〇〇パー知らない！」

美冬は酔うと声が大きくなる。隣の席のカップルがちらりとこちらを見た。

「『劇団水たまり』っていうの」

「知らないっす」

「ほらね。なにしろ立ち上げからまだ二年も経《た》ってないんだもん」

そういう業界に生きるひとたちは、どうやって生計を立てているのだろう。現実的なわたしはついつい考えてしまうが、そんな無粋なことは口に出さずにおいた。

「主宰が水田万理《みずたまり》っていう女のひとなんだって。だから水たまり」

「なにそれ」

笑い合ってテンションが上がり、ピザを追加注文することになる。きゃあきゃあ言いながらメニューを覗《のぞ》きこみ、しらすの和風ピザかマリナーラかで真剣に悩み倒す。

こんなとき、女同士って楽しいと単純に思う。

美冬は皿が空くたびに店員を呼び、下げてもらってテーブルにスペースを作る。誰にでもこだわりというものはある。

「やば。終電なくなる」

美冬が赤い顔をして腕時計を見たとき、わたしも我に返った。

終電。そのおそろしい響き。座れなければ、地獄が待っている。

慌てて会計を済ませ、美冬に別れを告げて西武線のホームへ走った。

滑りこんできた電車をあえて見送り、次の一本に先頭で並ぶ。よかった、座れる。その次が終電だ。

車両の隅のシートに深く沈みこみ、わたしは安堵《あんど》の息を吐く。車内はあっという間にひとでいっぱいになる。

隣には妙齢の女性が座り、ひたすらスマートフォンをいじっている。やたら開脚してくる男性じゃなくてほっとする。目の前に立ったおじさんの腹がせり出してくる。膝の上に鞄《かばん》を立て、さりげなくガードする。

汚れた空気を吸いこみすぎないうちに、マスクを取り出して装着し、酒くさいにおいもシャットアウトする。

ぱんぱんに膨れた準急列車は一度がたんと大きく揺れたあと、線路の上を滑りだす。

多少酔っていても眠くても、最寄駅が近づくと身体感覚で気づくことができる。

自分の犯している過《あやま》ちに気づかずに、わたしは少しだけまどろんだ。

ほろ酔いでアパートたまゆらに帰り着き、ドアの前まで来て、はっとした。

鞄の中の定位置に、あの硬質で冷たい鍵の感触がない。

わたしはしゃがみこみ、通路の照明に晒《さら》すようにして鞄の中を照らし、なおも探った。ない。

青ざめながら、必死で記憶の糸をたぐる。

――あっ。

原因に思い当たって、めまいがした。

今朝、寝坊して時間に余裕がなく、コートを引っつかみ腕にかけて部屋を出た。施錠したあとの鍵は、カーディガンのポケットに突っこんだのだった。

夕食時、レストランの暖房が効きすぎていて、カーディガンは椅子の背にかけておいた。そして、そのままばたばたと退店してきてしまったのだ。

会計をしたとき、ちょうど店員さんがラストオーダーを聞き回っていた。上《のぼ》りの終電も終わっている時間だ。仮にお店と電話がつながったとしても、今夜のうちに取り戻す術《すべ》はない。

「うわ……」

低くうめいて、わたしはしゃがみこんだまま頭を抱えた。通路の床の冷たさが、靴底から這《は》い上がってくる。

必死に頭を働かせた。

せめてもう少し早く気づいていたら、美冬の部屋に泊めてもらうこともできたのに。今日は水曜日で、管理会社は定休日だ。そもそも、もう営業時間外である。

駅前の漫画喫茶に泊まるしかないのだろうか。そう考えて、わたしは軽く絶望した。

いつかテレビで特集されていた、ネカフェ難民と呼ばれるひとたち。「一週間も滞在してますが、そこそこ快適です」プライバシー保護のためロボットボイスに変えられた声で話していたその男性は、さっぱりした身なりとは言い難《がた》かった。

店内にシャワーブースもあると言っていたが、他人との共用スペースに不慣れなわたしに使えるとは思えない。

なにより、知らないひとたちの気配を感じながら眠ることを思うと頭がくらくらした。

それとも、二十四時間営業のファミレスか何か、駅前にあっただろうか。宿泊目的でひと晩中コーヒーをすすり続けるなんて度胸は、わたしにはなかった。シャワーも浴びずに会社へ行くなんて、考えられないし——。

それ以上思考が働かず、そのまましばらく鞄を抱えてしゃがみこんでいた。

「——大丈夫っすか？」

頭の上から、低く凛《りん》とした声が降ってきた。

天啓《てんけい》だ。

わたしは顔を上げた。

天啓が降ってきた、と本能的に感じたのだ。

よろよろ立ち上がると、こちらを見つめる瞳と視線がぶつかった。

隣の二〇一号室に先月越してきた男のひとだ。まともに顔を見たのは初めてだった。初めて階段ですれ違ったときに軽く挨拶された記憶はあるけれど、急いでいたのでろくに顔も見ず、聞いたはずの名前も忘れてしまっていた。以来、何の関わりもなかった。わたしはもともと、そこまで社交性のある人間じゃない。

黒目が大きい。最初にそう思った。

まともに見つめるとその目力の強さに吸いこまれてしまいそうだった。

背が高く、肌はやや浅黒く、ボリュームのある黒い髪の毛にはふんわりと癖がある。パーマかもしれない。

近隣の書店のレジ袋を提げている。本が好きなのかな、と思った。

その落ち着いた雰囲気から、五歳ほど年上だろうかと見当をつける。

「もしかして、入れないんですか？」

彼に言われて、自分の状況を束の間忘れていたことに気づいた。

「あっ、はい、えっと」

吸いこまれすぎない程度に彼の目を見つめ返しながら、わたしは言った。

「出先に鍵を忘れてきちゃったみたいで……」

「うわ」

隣人はほとんど表情を変えずにリアクションした。同情してくれていることは声のトーンで伝わった。

「不動産屋……は、もうやってないか。そもそも水曜か」

「そうなんです」

「スペアキーもないんすか？」

「ない……ですね……」

鍵をかわいいデザインにコーティングしたくて、合鍵作製サービスの店に出したままだったのだ。よりによってこんなときに。

一瞬、間《ま》ができた。北風が頬に沁《し》みた。

「よかったら、うち泊めますけど」

隣人は、表情を変えないまま言った。


大胆な提案にあっさり甘えたのは、彼の醸し出す雰囲気から直感したからだ。

清潔なひとであること。物腰が柔らかく、粗暴な様子はないこと。おかしな下心を持って誘いこもうとしているわけではないこと。

それに、お風呂を借りて眠ることができたなら、ファミレスや漫画喫茶で夜を明かすよりどんなにすばらしいだろう。

――もちろん緊張した。男性の暮らす部屋に入るなんていつ以来だろうか。お邪魔します、という声が裏返り、ぎくしゃくしながら靴を脱いだ。

ふわりとジャスミンのような香りが鼻をくすぐった。アロマでも焚いている？

意外なその香りが、かすかな警戒心を解いてくれた。

エアコンが稼動していて、玄関まで暖気が満ちている。

当然ながら自宅と同じ間取りの部屋は、わたしを安心させた。

玄関を入ってすぐに広がるダイニングキッチン。その向こうに洋間がふたつ。左手奥に脱衣所、バスルームとトイレ。

うちと同じく、向かって右の部屋を居間に、左を寝室に振り分けているようだ。奥にちらりとベッドが見えた。

「すみません、ちょっと散らかってるけど適当に座って」

隣人は脱衣所のほうへ向かいながら言う。ががらとうがいする音が聞こえる。

ああ、やっぱりきちんとしたひとだ。それだけで飛び跳ねたいほど嬉しくなる。

「あ、あの……」

背中に向かって遠慮がちに声をかけると、彼は大きな手をタオルでごしごし拭き取りながら振り返った。

「はい」

「すみません、わたしもうがいさせてもらっても……」

「え、ああもちろん、ちょ……」

ちょっと、と言いながら彼はキッチンの水切りかごに伏せてあったグラスをひとつ取って、手渡してくれた。

「よかったら、これで」

心の底から安堵しながら、わたしは受け取ったグラスでうがいをする。薬用ハンドソープを借りて手もしっかり洗う。

少し迷って、タオルの端っこで濡《ぬ》れた手をそっと拭った。

しゅんしゅんとやかんの音がする。うちと同じ備えつけのコンロで、隣人がお湯を沸かしていた。

ああ、今夜は不思議な夜になる。


コートとマフラーを外し、革張りのふたり掛けソファーにそっと腰を下ろした。

海溝の底のような、深い藍色。その生地がわたしの圧のぶんだけ沈みこんだ。

あ、わたしがここに座っちゃったらあのひとの座る場所がない。

そう気づいて焦ったとき、隣人がキッチンから湯のみをふたつ、運んできた。目の前に湯気を立てたお茶が置かれる。

クールな印象が強い彼に、その少しぎこちない手つきは似つかわしくない気がした。

「すみません、烏龍《ウーロン》茶しかなくて」

「あ、すみません、なんか……いただきます」

いかにも日本人らしい仕草で意味なく謝り合い、頭を下げ合う。

湯のみを持つだけで、冷えきった指先が温まった。ひと口すると、胃の腑《ふ》にじわりとお茶の熱が沁みる。身体が冷えていたことを実感した。

「あったかい……」

「よかった。めっちゃ寒そうだったから」

隣人はかすかに笑って、ちゃぶ台の横にあぐらをかいて座った。自らも湯のみを口に運び、「あちっ」と言っている。

その様子に少しリラックスして、わたしはそっと部屋の中を見渡す。

緊張はほぐれても、この部屋のどこかで眠らせてもらうことになるかと思うとやっぱりどきどきした。

自分がものすごく大胆なことをしている気がする。こんな気持ちは久しく覚えがなかった。

それにしても、蔵書の量が尋常ではない。部屋の角部分にも、壁にぴっちりつけるようにして文庫のタワーが建っている。

「あ、すんません、本だらけで」

わたしの視線の意味に気づいて、先取りするように彼は笑いながら言った。

空気が柔らかくなって、ああ、このひとの放つ雰囲気は好きだとわたしは思う。

急に耳たぶが熱くなった。

「本、お好きなんですか？」

聞かずもがなのことを口にしてしまったと思ったけれど、

「あ、仕事で……ってか副業なんですけど、俺ライターやってて」

意外な反応が返ってきた。

ライター。物書きなのか。どこか知的な雰囲気の理由がわかった気がした。

ちょっと、と言って彼は立ち上がり、寝室（兼書斎？）に行って小さな紙片を手に戻ってきた。差し出されたそれを受け取る。

海の写真をベースにしたデザインの名刺。白抜きで肩書きや氏名、連絡先が書かれている。

〝文芸・文化全般
ライター　コトブキタイジ〟

……あれ？

どこかで見覚えのある名前な気がした。

「本名は琴引《コトビキ》なんですけど、あまりにもコトブキに聞き間違えられるもんで、もうそれを筆名にしちゃえって思って。個人情報のこともあるし」

彼はそう言ってまた笑った。

「どこかでお名前、見たことあるような……」

「あー、すんげーたまに新聞とか雑誌のブックレビュー欄に寄稿したりするんで」

「えっ、すごい！」

思わず彼の顔を凝視した。

田舎者マインドの消えない俗人なので、メディアに関わるひとを目の前にすると驚く。

「全然すごくないっすよ。それだけじゃ全然食っていけないんで、香料会社で働いてて」

「……あ、もしかしてそれでこの香り」

「あー、やっぱにおいます？」

彼はわしゃわしゃと後頭部をかいた。

「製造係なんで、どうしてもにおい持ち帰っちゃうんすよね。作業着は社内でクリーニングに出せるんだけど、髪とかについてて……」

「あの、すごくいいにおい」

「まじすか。今日はジャスミン作ったんすよね」

彼はほっとした表情になって、湯のみを口に運んだ。

相手にばかりプライベートなことを喋《しゃべ》らせていると気づいて、わたしは居ずまいを正し、

「あ、わたし、木南紗子です」

と名乗った。

お互いのことを話すうち、少しずつ親密な空気が生まれた。

「琴引」さんという漢字表記を知って、わたしは思わず「素敵な名字ですね」と心から言った。個人的な興味があって日本人の名字の種類や分布に詳しいほうだと自負していたけれど、「琴引」は初めて聞いたのだ。

「俺、名乗りませんでしたっけ。最初会ったとき、階段で」

「あ……すみません、あのときすごく急いでて。でも、言われたら『コトブキ』さんかなって思ったような記憶が……」

「はは、やっぱり。一度で聞き取ってもらったことなんてないっすから」

琴引さんが笑うと、なんとかという男性タレントに似ている気がした。さほど芸能人に詳しくないため、思い出せない。

ただひとつ言えるのは、自分がこのひとの言葉や声や容姿や挙動や雰囲気――言ってみればすべてに対し、好印象を抱いているということだ。かなり、強く。

こんなひとが隣に住んでいたなんて。入居者の入れ替わりが多いし、アパートのわりに壁が厚いのか生活音がほとんど聞こえないので、あまり気にかけていなかった。

でも、親切にしてもらっているということの状況が好感度を上乗せしているのかもしれない。わたしは冷静になろうとした。

なにしろ今夜は泊めさせてもらうのだ。意識しすぎちゃいけない。

壁に銀色のヘルメットがかけられていて、その横にある時計が深夜十二時半を指している。木製の文字盤に針がむきだしになったおしゃれな時計だ。

「あ、こんな時間」

琴引さんがわたしの視線をたどるように時計を見て言った。

「ごめんなさい、明日もお仕事ですよね」

「俺はそんな遠くないから大丈夫っすよ。八時過ぎに出て余裕で間に合うんで」

「よかった。わたしも市内なんで平気です」

「自転車で通ってますよね」

「えっ」

「たまに見かけるんで」

そうだったのか。わたしのことを隣人だと認識していたのか。これまでの自分の周囲への無関心さを思った。

琴引さんは先にお風呂を使った。

もし先に勧められたら遠慮するつもりだったので少しほっとしつつ、コンビニにスキンケア化粧品を買いに行かなきゃ、と思ったところで美冬がくれたコスメのサンプルの存在を思い出した。

鞄から取り出してみると、基礎化粧品からメイクアップまでひと通りそろっている。美冬、グッジョブ。

持ち歩いているメイク直し用ポーチもあるし、朝のメイクは事足りる。

明日は早く起きて洗面所を借りよう――そこまで考えて、はっとした。

わたしはいったいどこまでお世話になるつもりなのだろう。あまりにも図々《ずうずう》しくないだろうかと不安になる。

朝食のお気遣いをさせる前に出たほうがいいだろうか。

お風呂から上がった琴引さんは、部屋着に着替え、首にタオルをかけていた。

シャンプーやボディーソープの香りがする。ますますどきどきしながら、差し出されたバスタオルとスポーツタオルを受け取った。

「比較的新しいやつなんで、それ」

よその家の柔軟剤のにおいが鼻をくすぐる。ぎくしゃくとお礼を述べた。

「一回お湯抜いて入れ直してあるんで、よかったら温まってください」

「えっ、そんな……悪いです」

「全然。シャンプーとかも適当に使ってください」

スマートな気遣いに感謝して、自宅と同じ間取りの脱衣所を使う。

もし――下着を脱ぎながら考えた。もし今このレールカーテンが開けられて、彼が入ってきたらきっと、抵抗もできない。

なんて無防備で隙だらけなのだろう。

それでも、琴引さんはそういうひとじゃないと本能的にわかっていた。

初めて口をきいたひとを絶対的に信頼するなんて非常識かもしれない。それでもわたしは自分の直感と琴引さんを信じた。

緊張しまくりながらバスルームを借りた。

部屋の手入れ具合やインテリアの趣味、こうして突然他人を泊めることができるほどの余裕からして、琴引さんはハイセンスで高水準な暮らしをしているひとに思えた。

だから、浴室の壁に目立たない程度の黒カビがうっすらあるのを見つけたとき、人間くささを感じてむしろ少しほっとした。

シャワーヘッドは備えつけのものとは別のものに交換してあるようで、ホースと色が微妙に異なっている。うちのシャワーより水滴が微妙に細かい気がする。

シャンプーやボディーソープは、コンビニチェーンのプライベートブランドのものに統一されていた。お借りします、と口の中でつぶやきながら、素手で身体をごしごし洗う。

湯の中に遠慮がちに身を沈める。いつもならワニクリップで留《と》めて入る髪の毛が、水面に放射状に広がる。

お風呂から上がったら、お湯は抜いたほうがいいのだろうか。

わたしは残り湯を洗濯に使うことがあるけれど、そんな貧乏くさいことはしないひとだろうか。もしするにしても、わたしという他人の入ったお湯なんて使わないよな。

ひとめぐり考えて、上がるときには栓を抜いた。衣類を身につけてスキンケアを終えたあと、浴室に立てかけてあったブラシと洗剤で丁寧にバスタブを洗った。

下着を替えられないのは辛《つら》いし、いきなりすっぴんを晒すことにも抵抗があるけれど、それでも琴引さんに拾ってもらえてよかった。つくづく思う。

不潔な同性より清潔な異性の部屋のほうがずっといい。もちろん、他の要素で危険や不安がないことが前提だけれど。

このお礼はなにがいいだろう。甘いものは好きだろうか。

そんなことを考えながら脱衣所を出ると、琴引さんは寝室でなにやら作業していた。寝床を整えているようだ。

部屋に入ったときに香ったものとは別のアロマの香りがする。彼の傍らに除菌消臭スプレーが置いてあるのが見えた。

「あ、あの、お風呂ほんとにありがとうございました」

背中に向かって声をかけると、彼は振り向いた。

「あ、タオルは洗濯機に放りこんでおいてもらえたら」

「はーい」

彼の口調がちょっとだけ砕けてきたことが嬉しくて、わたしもどこか妹のようなテンションになる。そういえば、さっき話していて彼が四歳上だとわかった。

「あとさ、シーツとタオルケット取り替えたから、よかったらベッド使って。ムサいけど」

「えっ、でも」

予想していた気遣いとはいえ恐縮した。

「俺はソファーに寝るから」

「申し訳ないです」

譲り合っていても終わらない。こういうときはゲストが素直に甘えたほうがホストを立てることにもなるというのをいつかネット記事で読んだ。

寝室の入口に立っていたわたしは、そこにもうず高く積まれた本の山に目をやった。そのてっぺんに置かれた単行本をそっと手に取る。

岩槻雅好《いわつきまさよし》の『待つとし聞かば』。少し前に文学賞を受賞した不倫小説だ。自伝的だとして話題になったのを覚えている。

「あ、それ、そこそこおもしろかったっすよ。個人的な好みから言うとちょっと外れるけど」

振り向いた琴引さんがわたしの手元を見て言った。

「こういうのもレビューするんですか?」

文芸書を中心にひたすらレビューを書くのだと言っていたのを思い出しながら訊いた。

以前は書籍に限らず、映画やドラマ、飲食店やアミューズメント施設など、ノンジャンルで批評して個人ブログで細々と発信していたそうだ。

しかし文芸批評が注目されてネットに広まり、文芸ライターとしての仕事が来るようになったのだという。現在はクリエイターの支援システムがあるサイトも利用しているとのことだった。

「話題作はひと通りチェックしてるかな。時代にウケてるものを押さえておきたいし」

なるほど。感心しながら本の山の背表紙を眺めた。

「好きなの読んでいいっすよ。その山は全部レビュー済みなんで、なんなら持って帰ってもいいし」

「えっ、これ全部読んでレビューしたんですか⁉」

「うん」

わたしは感嘆して琴引さんを見つめた。どうということもないといった表情でベッドを整え、腰に手をあてている。

こういうひとは身の回りにいなかったな、とつくづく思った。

隣人としての気配をほとんど感じたことがなかったのは、在宅時は主に読書や執筆をしているひとだからなのかもしれない。


ベッドの中は、琴引さんのにおいがした。

布団も枕もスプレーで消臭されてはいたけれど、それでも持ち主の宿したものをわたしは嗅ぎとった。

不思議なことに、まったく嫌じゃなかった。

嫌じゃないどころか——わたしは隣の居間のソファーで眠る琴引さんを思った。

このひとのこと、もっと知りたい。

暗闇の中でスマートフォンを開く。まぶしすぎるので明るさを調整する。電池残量は91%、ひと晩くらいは充電しなくても持ちそうだ。

「コトブキタイジ」で検索すると、先程聞いたサイトやブログがヒットした。過去に雑誌や新聞に掲載された記事も、あちこちに転載されている。

『待つとし聞かば』のレビュー記事を見つけて読んだ。

『近現代日本文学を専門とする教授ならではの、広い教養を思わせる一作。

タイトルにもなっている中納言行平《ちゅうなごんゆきひら》の和歌が、全編に叙情を与えるモチーフとして生きている。

低音を効かせた重厚感のある音楽のようなずっしりとした読みごこちや、比喩《ひゆ》等のレトリックも秀逸で、言葉そのものを味わいたい読み手に強く薦めたい。

他方、物語としては瑕疵《かし》もある。

特に終盤、詩織《しおり》の言動にリアリティーが欠けているように見受けられた。自分から心の離れた相手への愛の言葉がやや上滑《うわすべ》りしているように感じる。

著者の次回作は死をテーマにしないことを期待したいところである』

確かな知性を感じさせるキレのある文体や絶妙にネタバレを回避した内容に、わたしは心の中で賛辞を送る。

他の記事も読み進めてゆくうちに深夜二時を過ぎ、慌ててアラームをセットして目を閉じた。

不思議な夜の高揚感で眠れそうにないと思ったけれど、琴引さんの穏やかなにおいに包まれていることを意識したとき、眠気はどろりとわたしを飲みこんだ。

スマートフォンのアラームで目を覚ました。午前五時半。

いつもの天井——ではあるけれど、自分の部屋じゃない。ベッドも部屋のにおいも、なにもかも違う。

瞬時に昨夜の記憶が蘇《よみがえ》り、がばりと跳ね起きた。

枕やシーツに落ちていた髪の毛を拾ってベッドを整え、居間で眠る琴引さんを意識しながらトイレや洗面所を借りて身支度を整える。

少し迷って、キッチンの水切りかごから昨夜使わせてもらった湯のみを借り、洗面所に戻ってうがいをした。

お借りします、いや少々ちょうだいします、と心の中で言いながらうがい薬をワンプッシュする。

自己最短記録で出社準備ができたかもしれない。着替えの必要がないから当たり前かもしれないけれど。

部屋を出るタイミングを考えながらキッチンに戻って湯のみを洗っていると、居間とキッチンを隔てるガラス戸がからから開いた。

振り向くと、琴引さんがソファーから身を起こしていた。

「あ、コーヒー淹《い》れますよ」

寝起きの不明瞭な声で琴引さんは言った。目が半分しか開いていない。髪には寝癖がついている。

かわいい、と思ってしまった。そんなこと口に出したら失礼だろうけど。

「あ、おはようございます。ベッドお借りしちゃってすみま……」

「コーヒー好きですか」

若干寝ぼけているらしい。ぼんやりした無表情と厚意ある言葉のちぐはぐさがツボに入って、わたしはとうとう笑ってしまった。

キッチンラックにミル挽《び》きコーヒーメーカーがあるのは昨夜見て知っていた。

琴引さんはソファーから布団類をどけてわたしを座らせておくと、身支度を済ませ、コーヒー豆を投入して挽き始めた。

ごごごごごごごご。

豆が砕かれる音に混じって、芳醇《ほうじゅん》な香りが漂ってくる。

わたしは琴引さんがつけておいてくれたＮＨＫのニュースを観ていた。でも内容はほとんど頭に入ってこない。

琴引さんが、気になる。

しばらくして、琴引さんがコーヒーだけでなく朝食まで運んできてくれた。目玉焼きを乗せた厚切りトースト。トマトも添えてある。

「あの、あまりにもお世話になっちゃって、わたし……」

「平気っすよ。あ、ってかなにも訊かずに用意しちゃった。御飯派ですか？　って今更か」

琴引さんは自分にぶつぶつ突っこみを入れながらキッチンと居間を行き来した。カトラリーやコーヒーシュガーまでそろえ、最後に牛乳をパックごとどんと置いて、ちゃぶ台の横に腰を下ろした。

わたしもソファーから床に下りて座った。九十度に隣り合う形になった。

「自分、和食好きなんですけど、米ってひとり暮らしだとちょっと不経済っすよね。あ、どうぞ」

トーストにかぶりつきながら琴引さんは言った。お礼を述べつつわたしもコーヒーに口をつける。

「……おいしい」

普段は甘いココアが好きなわたしでも、そのおいしさがわかる気がした。無駄な酸味がない。

「ミルで挽くとこんなにおいしいんですね、コーヒーって」

「挽きたてだしね」

「目玉焼きトースト、うちもよくやります。『ラピュタトースト』って呼んでます」

そう言うと、琴引さんは「おっ」という顔でこちらを見た。

「俺も『ラピュタパン』とか『パズーパン』って呼んでる、自分の中で」

「ふふふ。琴引さんって」

コーヒーで頭がきりりと冴《さ》えたせいか、饒舌《じょうぜつ》になっていた。

「ん？」

「生活をおろそかにしないひとですね」

口にしたあとで自分はなにを言っているのかと思ったけれど、琴引さんはその涼しい顔に初めて照れ笑いのようなものをふわりと浮かべた。

第二章　気づく

「ああ、憂鬱」

外口《そとぐち》さんは今日一日、そればっかりだ。

「痛いんだよなー、痛いんだよなー」

「だったらキャンセルしたらいいじゃないですか」

門《もん》さんがばっさり斬るように言うと、

「だってえ、もう始めちゃったんだもん」

外口さんは子どものように口を尖《とが》らせた。押山《おしやま》くんがコーヒーを飲みながらくすくす笑う。

門さんがさらに何か言おうとしたとき、入電があった。みんな、さっとビジネスモードに切り替わって対応する。

外口さんの右の上腕部には、タトゥーが入っている。

今は長袖で隠れているけれど、夏にブラウスの袖をめくって見せてくれたことがある。外口さんの下の名前である「すみれ」にちなんで、小さなすみれの花が彫《ほ》られていた。

最近満を持してそのタトゥーを消すことを決意しサロンに通い始めたけれど、その施術が痛くて毎度気が重いらしい。彼女いわく「輪ゴムでパチンと弾《はじ》かれるような痛み」が肌に走るそうなのだ。

「桁ひとつ違うんだよ、入れるときと」

商品機能の問い合わせの電話対応が終わるなり、外口さんはそう言った。

「え、なにがですか？」

端末に入力しながらたずねると、

「お、か、ね」

外口さんは一音ずつ区切りながら答えた。タトゥーの除去費用のことか。

「ああ……」

「ひと桁違うって、結構な額ですよね」

門さんもまた話に加わる。自称ナチュラル派で化粧すらいっさいせず、いつも黒髪を首の後ろで結わえただけの彼女は、コスメや香水なしでは生きていけない外口さんとは対極の人種だ。

「そうなの。入れたときが三万だから、その十倍よ」

ひっ、とわたしは思わず息を飲み、口を押さえた。

「さんじゅうまん……？」

「まじっすか」

作業をしていた押山くんも顔を上げた。この中ではいちばん年下で、わたしたちの弟的存在だ。

「イエス」

我が意を得たりと外口さんはうなずいた。

「何回かかるかわかんないけど、そのくらいは余裕でいきそう」

「三十万あったら、牛丼何杯食えるかな」

「どうして男ってなんでも牛丼に換算するの？　『海外旅行できちゃうな』とかじゃなくて」

「そういう生き物なんです」

門さんと押山くんのやりとりに笑ってしまう。押山くんは本当に電卓を叩き始めている。

「うお、四百円換算で七百五十杯も食える！」

「そもそもどうしてタトゥーなんて入れたんですか」

門さんは押山くんをさらりと無視して外口さんにたずねる。

「当時の彼氏とおそろいで入れたんだ。ってか愛の証明のために入れてもらったの、根性焼きみたいなもんね。向こうも今頃消してるんじゃないかなあ」

一瞬、空気が静まる。忘れていたが、そういえば外口さんは元ヤンだった。

「若気の至りって怖いよねー」

外口さんはキーボードを叩きながら、他人事《ひとごと》のように言った。


アパートに帰り着くと、エントランスにカレーのにおいが漂っていた。

一〇一号室に住んでいるおじさんが仕込んでいるカレーだ。

琴引《ことびき》さんに泊めてもらった一夜をきっかけに、わたしはアパートたまゆらの居住者に少しずつ興味を持つようになった。

一〇一号室のおじさんは、キッチンカーでエスニックカレーを出店しているらしい。ここから都心方面にワゴンを走らせ、中小企業のひしめくエリアで昼時のビジネスマンをターゲットにカレーを売っているそうだ。おじさんと既に顔なじみであるという琴引さんが、先日エントランスで会ったときに話してくれた。

わたしの右隣の二〇三号室には、長いことひとり暮らしをしていた初老の女性がいたけれど、最近突然引っ越してしまった。辻《つじ》さんというのだと、最後の日に初めて知った。

わたしの部屋の真上にあたる三〇二号室には、母子家庭の親子が住んでいる。母親が二歳くらいの男の子を連れているのをたまに見かける。

その子がどたどた走り回る音やボールか何かを床に叩きつける音が、時折天井から聞こえる。特に気になるほどではなかったけれど、先日突然「いつもうるさくてすみません」とチョコレートをひと袋持ってお詫《わ》びに来た。

部屋の数だけ生活があり、居住者の数だけ人生がある。

そして――

わたしは、琴引さんのことが気になっている。

あの日から、ちょっとした外出時も身なりを意識するようになったし、生活音やベランダに干す洗濯物にも気を配るようになった。

階段や部屋の前で琴引さんにばったり会ったときは、挨拶をする仲になった。ひと言ふた言、雑談をすることもある。

ほとんど表情を変えない琴引さんと違って、わたしはときめきが顔に出てしまわないよういつも必死だ。

寒くない休日、ベランダに出てココアを飲む習慣がわたしにはあるけれど、隣の気配に耳を澄ませてもなにもない。きっと室内で本を読み、原稿を書いていることがほとんどなのだろう。

恋人はいないのかな。最近のわたしは、そんなことまで考える。

琴引さんが、気になる。

どうしても。


琴引さんに泊めてもらったお礼をどうするか決めあぐねているうちに、街に気の早いクリスマスソングが流れる季節になった。

クリスマスとは本来、キリストの生誕したとされる日のはずだ。断じて恋人といちゃいちゃする祭りではない。――ないはず、だけど。

さすがに何年も連続でクリスマスを共に過ごす恋人がいないのは淋《さみ》しい気がしてきた。自分を必要とする異性がいないという事実はどうしたって寂寥感《せきりょうかん》をあおる。

普段はひとりの生活に充足しているくせに「世間一般」に影響される自分の俗っぽさに、情けなくなる。

そもそも自転車で家と職場を往復するだけの日々に、出会いが転がっているはずもない。主な趣味といったら、一眼レフを携《たずさ》えて写真を撮りに自然の中へ行くことだ。花や野鳥、水のある風景にわたしは惹《ひ》かれる。

湘南《しょうなん》の川縁《かわべり》でカワセミの捕食シーンを撮り収めることに成功したときは、嬉しさのあまり震え、涙さえこみあげた。

それはひとりで充分に楽しめる趣味であり、道連れを必要としない。あとはせいぜい友人たちと出かけたり、美術館を回ったり、整体やホットヨガで身体のメンテナンスをしたり、琴引さんほどではないけれど読書をするくらいだ。

あの輸入車ディーラーを退職してから二年半、いくつか恋愛沙汰のようなことはあったけれど、魂が震えるような気持ちを恋と呼ぶのなら、それに該当するような付き合いはなきに等しかった。

社会人はどうやって私生活のパートナーと知り合っているのだろう。そんなことをぼんやり考える。

去年のイブは美冬の部屋で鍋パーティーをしたけれど、今年は彼女には恋人がいる。断じて邪魔はしないつもりだ。

それに、わたしにも気になるひとがいる。

ソファーに寝そべって恋愛ドラマの録画を観ながらとりとめもなく思考をめぐらせていると、チャイムが鳴った。

インターフォンのモニターを見ると、上の階の女性が映っている。

慌ててリモコンで録画を一時停止した。ヒロイン役の女優がまばたきの途中の半目を開いた顔で止まってしまう。

「……はい」

「三〇二の佐藤《さとう》ですー」

女性は人のよさそうな顔で、語尾を伸ばして言った。

玄関のドアをそっと開くと、背丈がたりずにモニターに映らなかった息子が興味深そうにこちらの室内を覗きこんだ。

「いつもこの子がうるさくして本当にすみませんー、うちの実家から林檎《りんご》が大量に届いたのでよかったらこれ」

佐藤さん（という名前だったのか）はアパレルブランドのロゴが入った黒い紙袋を差し出した。

先日チョコをもらったばかりなのに、と恐縮しながら受け取ると、林檎がぎっしりと詰められていて持ち重りがする。

「え、いいんですか？　こんなにたくさん」

「段ボールで届いてふたりじゃ食べきれないんです、いつもご迷惑おかけしてるし。ね？　お姉ちゃんに『いつもごめんなさい』は⁉」

後半は息子に向けて怒鳴るように言いながら、佐藤さんは息子の頭に手を乗せ、わたしに向かってぐいっと頭を下げさせた。男児は「たゃいっ」というような声を発した。

「そんなそんな……育ち盛りなんですから」

言いながら、わたしを見上げる男児の顔に目をやった。あらためて見ると、はっとするほど整っている。とても利発そうだ。

よく見れば佐藤さんもはっきりした顔立ちをした美人だ。他人の顔をまじまじ見つめる習慣がないので、気づかなかった。

「青森の林檎なのでおいしいと思います」

佐藤さんは去り際にそう言った。

実家から届いたということは、彼女の実家は青森なのだろう。そういえば、言葉に北国のイントネーションがあった。

わたしも東北出身なんです、と言えばよかった。

鮮度のいい林檎は、指先で弾くとピシッといい音がする。ボコッと鈍い音がするのは、古い林檎だ。

佐藤さんの林檎はどれもいい音がした。ひとつ剝《む》いて食べてみると、しゃっきりとした歯ざわりとみずみずしさがたまらない。

やや酸味が強いのもわたし好みだ。佐藤さんは品種を言っていなかったけれど、紅玉とフジあたりの掛け合わせではないだろうか。

それにしてもこれは、食べきれない。全部取り出して数えてみると、十一個も入っていた。

久しぶりにアップルパイでも作ろうか。週末だし。

そう思い立ち、そしてふと考えた。

手作りのアップルパイを琴引さんに渡すのはどうだろう。

呆《あき》れるほど古典的な手法だけれど、わたしはその思いつきにどきどきしていた。


琴引さんは、バイクで通勤している。

ばったり会うとき、ヘルメットを小脇に抱えていることがある。泊めてもらったあの日に居間で見た、銀色のヘルメット。

「フレグランス作ってるから、どうしても髪とか身体ににおいが染みついちゃうんすよね。ほんとは電車で通いたいけど、においが迷惑になっちゃうから」

あの夜、だいぶ打ち解けてお互いの仕事の話になったとき、琴引さんはそう言っていた。雨の日はやむなく電車で出勤し、終業後は会社のシャワーで全身を流して帰るのだと。

実際、琴引さんに近づいた瞬間いつもふわりとアロマのような香りが漂う。

本人が思っているほど嫌なにおいじゃないのに。

——むしろ、もっと嗅いでみたいのに。近くで。

そんなことを思いながら、土曜の午前いっぱいをアップルパイ作りに費やした。

いっとき料理に凝った時期があり、お菓子作りにもひと通り手を出したけれど、趣味と呼べるほどには至らなかった。

それに食べてくれるひとのいない虚《むな》しさやコスパの悪さを思うと、買ったほうが合理的という結論に達してしまっていた。

極めておけばよかった。後悔しながら林檎を煮詰めて灰汁《あく》を取り、カスタードクリームを作りながらオーブンを余熱し、表面に編みこむためのパイシートを短冊状にカットする。

アップルパイは本当に面倒くさい。

スマートフォンでたびたびレシピを確認してはその手を洗って拭いて除菌して、を繰り返しながら、ようやくオーブンに入れてセットしたときには大げさなくらい疲れていた。


さて、琴引さんは在宅だろうか。

そう思ってベランダからそっと隣を覗くと、几帳面《きちょうめん》に干された洗濯物が風にはためいていた。

わたしが朝一で干したときにはまだなかったはずだから……と考えていると、突然レースカーテンに人影がゆらめいた。

慌てて顔を引っこめ、自分の洗濯物を干すふりをする。ががらとガラス戸が開かれる音。

心臓がばくばくする。

「……あれ」

琴引さんがこちらの気配に気づいたようだ。

わたしは観念して、ベランダの仕切り板の向こう側がみえるよう、もう一度歩み寄った。上下黒の部屋着姿の琴引さんがいた。髪には寝癖がついていて、そしてやっぱりほんのりといい香りがした。

「あ、こんにちは」

なにが「あ」だ。我ながらしらじらしくて呆れる。

「なんか、むっちゃいいにおいしません?」

ベランダ越しに隣人と会話するなんて初めての経験だった。

「あ、においします?」

「しますします」

「上の階の方に林檎をいただいて、それでアップルパイ作ってるんですけど、琴引さんはアップルパイお好きですか」

好機をとらえて、わたしはひと息に言った。

琴引さんの瞳が一・五倍くらい大きくなった気がした。

「むっちゃ好きです」

好きです。

お菓子に向けられた言葉だというのに、わたしはその響きにたまゆら、酔いしれた。

「よかった」

どきどきする。でも、これはいけるという確かな感触があった。

「遅くなったんですけど、泊めていただいたお礼に焼いたんです。よかったら、あの……」

「まじですか」

琴引さんは子どものように嬉しそうな顔をした。

そして、

「え、じゃあ……よかったらうちで一緒に食べません？」

と言った。


部屋の中に戻ったわたしは、息だけの叫びを漏らした。

この展開は、予測していなかった。こんなに早く、琴引さんのお部屋にまたお邪魔することになるなんて。

けっしてパイが焼ける熱気のせいではない頬のほてりを、わたしはぺしぺしと叩いた。

落ち着け。落ち着け。……いや、無理。

ベランダでのやりとりを反芻《はんすう》しながら、ドレッサーの前に座って薄化粧を施した。

じゃあ、焼き上がったら行きます。そう答える自分の声が、他人のもののように聞こえた。

いつのまにこんなにわたしは大胆になったのだろう。

潔癖症のくせに。ろくな恋愛経験もないくせに。

これでアップルパイが失敗したらどうなるのだろうとはらはらしたけれど、オーブンから祈るように取り出したそれは、上質な光沢とほどよい焦げ目と豊かな香りとを併せ持つ仕上がりとなっていた。

胸を撫《な》でおろしながら、材料と一緒に買っておいたケーキ箱にそっとそれを収める。

さあ、着替えないと。エプロンの紐《ひも》を解き、部屋着にしている量販店のフリースワンピースも脱いで、まとめて洗濯機に放りこんだ。少し迷って、色気のない長袖のインナーも脱ぎ、上下の下着だけになる。そのあられもない姿を、なんとなく浴室の鏡に映した。

なにを考えているのだろう。

わたしは……琴引さんの目にこの身体が触れる日が来るのだろうかと、そしてそれは今日だったりはしないのだろうかと考えている。

さすがにそれは、急展開すぎる。わかっているのに、自分のスタイルや肌つやまでをも確認してしまう。

さんざん考えた末、千鳥格子《ちどりごうし》のモノクロのワンピースに黒いタイツを合わせた。

髪を巻こうか迷ったけれど、やりすぎかと思ってやめる。その代わり、丁寧にブローした。

隣の部屋に行くのだからコートは要らないけれど、赤いマフラーだけふわっと巻きつけるとバランスがよくなった。

パイの箱と小ぶりのハンドバッグを持ち、パンプスを履いて部屋を出る。合鍵サービスでマドラスチェック柄にコーティングしてもらった鍵で施錠する。

ふう。

ひとつ深呼吸して、わたしは二〇一号室のチャイムを鳴らした。無意識に髪を整える。

女って、意識してる男の前では声がトローッと高くなって、やたらと髪を直したりするんだよね。以前、美冬が言っていた言葉が蘇る。

「はーい」

インターフォンを使わずに、琴引さんは直接ドアを開けた。

さっき見たときよりも寝癖が落ち着いている。もしかして彼もわたしのために身だしなみを整えてくれたのかと思うと胸の奥が疼《うず》いた。

「どもどもー」

こちらの胸中も知らずに、琴引さんはいつものように、けっして大げさではない笑みを浮かべて迎え入れる。そのナチュラルな様子からは、わたしのことを少しは意識してくれているのかどうか、まったく読み取ることができない。

「入って入って。散らかってますけど」

ドアがさらに大きく開かれて、この前とは違うアロマ系の香りに混じってカレーのようなにおいがした。

「あ、お邪魔します」

一歩玄関に入ると、琴引さんがわたしの肩越しにドアを閉め、内側から施錠した。

どきん。

鼓動が大きくなる。心音が聞こえてしまうのではと思うくらいに。

「あ」

琴引さんが急に真顔で言った。

「あ、あの、いきなりお誘いしちゃったけどあの、変な意味とかないですからね」

「え、あ」

いきなり直球で牽制《けんせい》されたような気がしてわたしは戸惑う。さっき自分が抱いた淡い予感を見透かされたような気まずさ。

「わかってます、大丈夫です」

おかしな笑顔になりながらわたしは答える。安心したような、どこかがっかりしたような、複雑な気持ちで。

「でも一応……開けときますんで」

琴引さんは、鍵を縦向きに戻して開錠した。

ああ、どちらかと言えば、わたしへの気遣いか。唐突に理解する。

大丈夫なのに。逃げだしたくなる状況なんて、あるわけないのに。

「あの、これ。遅くなりましたけどお礼です」

変な空気を断ち切るようにケーキ箱を琴引さんに手渡し、あらためて頭を下げた。

「あ、いただきます」

琴引さんも頭を下げた。距離が近すぎて、頭同士がぶつかるかと思った。かすかにミント系のさわやかな香りがした。

「木南《きなみ》さん、お昼食べました？」

「や、まだです」

緊張しすぎて空腹を感じるどころではなかった。一緒にアップルパイを食べるくらいでちょうどいいと思っていた。

「カレー作ったんすよ。お礼のお礼みたいになっちゃいますけど」

琴引さんはまたさりげない笑みを浮かべ、わたしを部屋の中へと促した。

室内は前回訪れたときよりずっとすっきりして見えた。圧倒的にスペースを使っていた本たちの量が減っている。

「でかい本棚買ったんだ」

わたしの視線の意味に気づいたのか、カレー皿を運んできた琴引さんは苦笑いのようなものを浮かべて言った。

「そっちの部屋に本棚増やして、収めるものは収めて、要らないぶんは売っちゃった」

「え、古本屋とかにですか?」

「そうそう、回収に来てくれるやつ」

言いながら、琴引さんはこの間と同じ位置に座るわたしの前にごとんとカレー皿を置いた。自分のぶんも。

いわゆる日本のカレーらしいカレーだ。急激に空腹を意識する。

「献本は売ることもないから、ありがたいことに溜まる一方《いっぽう》だしね」

「ケンポン?」

脳内で漢字変換できず、訊き返してしまう。

「うん、寄贈されてくる本。レビューを書いて広めてほしいっていう目的で、作者本人とか出版社とかから」

「ああ……なるほど」

わたしは深く理解する。物書きの間ではそのような文化があると聞いたことがある。

「それって、琴引さんに発信力があるって認識されているからですよね」

手渡されたスプーンを受け取りながらわたしが言うと、琴引さんの目がひと回り大きくなった気がした。

あ、この顔。

自尊心を刺激されたときの、強いて言えば喜びに近い表情だ。

表情を大きく変えない彼の微細な変化を、わたしは少しずつ読み取れるようになっていた。

カレーはおいしかった。基本に忠実な味がした。

自分の場合、ついつい味に変化を求めてトマト缶や野菜ジュース、あるいは牛乳などを入れて作ってしまうので、シンプルなルーの味のするカレーを食べたのは久しぶりな気がした。

「一〇一号室の府川《ふかわ》さんいるじゃないですか」

「ああ、例のカレー屋さんの」

「あそこの部屋から漂うカレー臭ってテロに近いっすよね。無条件にカレーが食いたくなっちゃう」

「わかります」

和《なご》やかに会話しながらふと、よそのお宅で手も除菌せずに食事している自分に気づいた。

慌ててハンドバッグを引き寄せながら、いつもならもっと焦っているだろうなと考える。

わたし、いろいろゆるくなってる。

琴引さんと同じ空間にいるとなんだか、ゆるい自分でいられるような。

「どうし……、あっ」

琴引さんはまたわたしの挙動の意味をはかったような表情をすると、身体をねじ曲げてソファーの脇から何かを引き寄せてちゃぶ台の上に置いた。

除菌ウェットティッシュの筒だった。

「おしぼり用意してなかった。すみません」

「ど……」

どうしてわかったんですか？　「ウイルス対応」と書かれた除菌ティッシュの筒を見ながら、わたしは嬉しさのあまり息がつまりそうになる。

どうしてこのひとは、こんなにもわたしを安心させてくれるのだろう。

「ん？」

「ありがとうございます」

心の動きを悟られないように、わたしはそっと一枚引き抜いて手を拭った。

カレー皿を洗うのを買って出ると、琴引さんはその横で、またコーヒーを挽いてくれた。

ごごごごごごごごごごごごごごごご。

「コーヒー豆って、どこで買ってるんですか？」

水切りかごにグラスを伏せながらたずねた。

「んー、前はわざわざ合羽橋《かっぱばし》とか行って買ってたんだけど、最近はその辺で買っちゃう。雑貨屋とかスーパーとか」

「へぇえ」

「最近使ってるのはいただきものなんだけど」

砕かれた豆たちがミルの奥へとすっかり吸いこまれてゆくのを、わたしは琴引さんと一緒に見守った。

泊めてもらった翌朝のコーヒーを思い出す。

一夜を共にした恋人たちが飲むモーニングコーヒーみたいだった。そう思ったら、耳たぶが熱くなった。

——好き。

差しこむように思った。

このひとが、好き。

誰かに対してこんなに心が震えるのは初めてかもしれない。胸の奥にある湖の水面が揺れている。

わたしは欲望を抱いているのだと、このひとを求めているのだと、はっきりと自覚した。

アップルパイはまあ見た目通りの味というできばえだったのだけど、琴引さんはなにやら感激しながらもう二切れめに手を伸ばしている。

とてもカレーを食べたあととは思えない食べっぷりだ。

「むっちゃうまいっすわ」

「なんか恐縮です。ひと晩泊めていただいたお礼にしては……」

「ミラクル感激っすわ」

琴引さんは本当に少しテンションが上がり、喋り方がカジュアルになっている。

わたしのほうは、恋心を脳内でしっかり言語化して意識してしまったものだから、あまりその目を見ることができない。

琴引さんのコーヒーをブラックのまますすり、気持ちを落ち着けようとした。

「木南さんって料理が趣味なんですか?」

「いや全然。ひとり暮らし歴が長いぶん、それなりにほどほどにって感じです」

「ご出身どちらなんすか」

珍しく質問を畳みかける琴引さんの口元に、パイ生地のかすがついている。そんなことにもきゅんとなってしまう。

指を伸ばして取ってあげたら、どうなるのだろう。

「秋田です」

「ああ、納得。秋田美人か」

わたしは反応に困って曖昧に微笑《ほほえ》んだ。

秋田美人。出身を言うと半分くらいのひとがその言葉を口にするけれど、その実どのくらいのひとが本当に美を認めて言うのだろう。条件反射で社交辞令的に言われるのは、あまりというか、正直なところまったく嬉しくはない。

コーヒーをすすり、パイにフォークを刺しては口に運びながら、お互いの地元についてネタを交換するように話した。

琴引さんは東北にはあまり縁がなかったという。彼が横浜出身であることはブログのプロフィール欄を読んで知っていたけれど、初めて聞いたふりをした。

琴引さんがスマートフォンを操作し、音楽を流し始めた。少し前に流行《はや》ったスウェディッシュ・ポップだ。

もう少しここにいていいって意味かな。わたしは勝手に解釈してひっそり喜ぶ。

「──でも、趣味ってわけでもないのにこんなにうまく作れるもんなんすね、アップルパイとか」

琴引さんは三切れ完食したところでさすがにストップした。ウェットティッシュの筒を引き寄せて口元を拭いながら、無防備な微笑みを投げかける。

やめて。これ以上ときめかせないで。ほとんど物理的な胸の痛みを覚えてわたしは心の中で叫ぶ。

「レシピ通りにやれば誰でも作れますよ」

照れくささのあまり、どこかいじけたような愛想のない言いかたになってしまった。どうしてこう、自分はかわいくないのだろうか。

「なんかさ、男のくせにドリーミーって言われるかもしれないけど」

彼はいったん言葉を切り、コーヒーをごくりと飲みくだした。喉仏が上下するのをわたしはそっと見つめる。

「俺『赤毛のアン』大好きで」

「え、わたしも」

思わず顔を上げた。

「まじっすか。どこまで読みました?」

「『アンの夢の家』まで……」

アンが無事にギルバートと結ばれて、残念ながら第一子は死産だったものの、その後元気な男の子が生まれたところまで見届けたのだった。

「あはは。『炉辺荘《ろへんそう》のアン』とかおすすめですよ、三十代になると」

「もしかして全巻読んでます?」

「うん」

「すご……」

事もなげにうなずく琴引さんの読書量は、やはり半端ではないのだろう。

「でさ、あのシリーズってとにかくやたらと手作り菓子が出てくるじゃないですか」

「ああ、パイとかタルトとかクッキーとか……」

「そうそう。もうさ、『あ――っ！』ってなるよね、食いたくなって。文学におけるスイーツテロですよあれは」

琴引さんは鼻の頭に少し皺《しわ》を寄せて笑う。初めて見る顔だ。

激しく同意しながら、わたしは彼の表情の幅が大きくなっていることに気づいてさらにどきどきする。

「だから嬉しかったんですよ、手作りのアップルパイなんて。もうね、最オブ高です」

「最オブ高ですか」

「最オブ高です」

――ん？

もしかしてこれはちょっと、いい感じなんじゃないだろうか、わたしたち。

フォークを放り出して直角に向かい合った琴引さんにしなだれかかりたい衝動が起こり、そんな自分に驚いた。

まるでコーヒーのカフェインで酔ったかのように、琴引さんとの距離を詰めたくて仕方なくなっている。

「じゃ、普段お休みとかはなにしてるんですか」

心の中で盛り上がるわたしに気づく様子もなく、琴引さんはコーヒーのおかわりをわたしと自分のマグにどぼどぼ注ぎながらたずねる。

「んー、写真撮りに行ったりとかですかね」

「写真ですか」

「はい、昔写真部だったんで。高校の頃」

「へええ」

心から意外そうに琴引さんは目を見開いた。

「どんなの撮るんすか」

「ありきたりだけど、野鳥とか花とか、あと水のある風景が好きで……」

「へえええ、一眼レフですか」

「一眼レフですね。まあ最近はデジタル一眼ですけど」

「へえ、見たいなあ」

「あ、iPhoneに……」

こんなに食いついてくれるとは予想していなかったわたしは、どぎまぎしながらハンドバッグを引き寄せた。

一眼レフで撮った写真のデータはパソコンで管理しているけれど、スマートフォンのフォルダにも一部保存してある。

とっておきの、あのカワセミの写真を見せようと思った。あれを見たら、どんな顔をするのだろうか――。

「……あれっ」

取り出したスマートフォンを見て、わたしは不在着信があったことに気づいた。

そして、その名前を見て目を疑った。

久米海星《くめかいせい》。

初体験の、あの男だった。

「げっ」

わたしはあまりにも無防備な反応をした。

どうして今頃？　しかもこんなタイミングで。意味がわからない。

「どうしたの」

琴引さんが顔を寄せてきた。

わっ、近い。ミントの香りがふわりと鼻腔《びこう》に飛びこんでくるくらい。

でも今、この名前は死んでも見られたくない気がした。

「いや、なんか……写真部時代の仲間から電話があったみたいで」

「へえ」

「……わっ」

画面を見つめていると、端末がまた着信を知らせて振動し始めた。

〝着信　久米海星〟

じーん。じーん。じーん。じーん。

「出たら？　昔の仲間なんでしょ」

琴引さんは何の含みもない声で言った。

「でも……何年も連絡取ってなかったひとで……」

「だったらなおさら何かあったのかもしれないじゃん」

わたしはとっさに脳を回転させる。ここで変に遠慮するのもワケありっぽい雰囲気が出てしまいそうだ。

「じゃあ……すみません、ちょっと」

観念してわたしは言った。

どこか――キッチンにでも移動して通話させてもらおうと思ったけれど、それより早く琴引さんがすっと立ち上がり、寝室兼書斎へ行ってしまった。

ぱたりとドアが閉じられる音を聞きながら、心の準備も整わないままに、わたしは通話ボタンを押した。

「……はい」

「おい、八年も無視してんじゃねーよ」

懐かしい声が耳に飛びこんできた。

駅北口にあるチェーンのカフェで、久米と向かい合った。

土曜日のカフェは地元の若者でいっぱいで、わたしたちは隣とほとんど距離のないテーブルに身を置いていた。

カレーとアップルパイでお腹いっぱいな上に、コーヒーだって淹れたてのおいしいやつを飲んだばかりだというのに、いったい何故にわたしはこんなところで豆乳ティーなどすすっているのだろうか。しかも、こんな相手と。

「清瀬《きよせ》の駅前にいるんだ、俺。おまえ今、この辺に住んでんだろ」

一歩間違えばストーカーのようなことを電話で久米に言われ、慌てて琴引さんのお宅を辞していったん自宅に戻り、コートを引っつかんでばたばたと出てきたのだ。

「なんで知ってたの、わたしの住んでるとこ」

軽く久米をにらんだ。

嫌いな男じゃない。それどころか、初めてを捧げてもいいと思えた相手だ。あのことがなかったにしても、誰より気の合うクラブメイトだった。

だからこそ、互いに恋だと錯覚する前に離れたのに。大切な思い出のままにしたかったのに。どうして今更現れたりするのか——。

「宮田《みやた》に聞いたんだ」

彼の目の前に置かれたコーヒーとそっくりな色に髪を染めた久米は、同じ写真部だった別の男子の名前を出した。

「おまえ、夏にクラス会行ったんだろ」

そうか、迂闊《うかつ》だった。

宮田は写真部員であると同時に、わたしの高校三年生の時のクラスメイトでもあった。

今年のお盆に帰省して参加したクラス会で、二次会のときなんとなく隣の席になり、互いの近況を話しこんだのだ。そのとき彼から久米が転職して都内にいるという話も聞いたけれど、さほど気にも留めずに受け流していた。

「連絡取り合ってたんだね、宮田と」

「今はSNSというものがありますからね」

秋頃にFacebookで「友達」になり、Messengerでやりとりをした際に、わたしの話になったという。

「あいつ、紗子のこと好きだったからね」

コーヒーを口に運びながら、久米はさらりと言う。

それを言われると、少し弱い。高三のとき宮田からひそかに向けられていた好意には、実はずっと気づいていた。

潔癖症のくせに、わたしは高校時代、恋の相手を切らしたことがなかった。理想とする距離感にいつもズレがあり、みんなプラトニックなまま終わった。

だからこそ、久米とのことは特別だった。本当に。

およそ八年半ぶりに再会した男の声や仕草は、あの暗室の合皮のソファーにむきだしの尻がひんやりと触れる感覚までをも思い起こさせ、わたしはおおいに困惑していた。

「で、なんであんたが清瀬にいるのさ」

感傷に引きずられる前に、話を切り替えた。

わたしはさっきまで、好きなひとといい雰囲気でお茶していたのだ。彼の部屋で、ふたりきりで。

琴引さんの髪や肌から香るミントの香りを思い出し、胸が甘苦しくなった。

ああ、あのままいたらもしかしたら、うっかり唇が触れ合うようなことになっていた可能性だってあるかもしれないのに。あのあたたかい亜空間に戻りたい。

結局わたしはまだ、琴引さんの電話番号もＬＩＮＥアカウントも知らないままだ。

「それなんだけどさ」

初めてを捧げ合った男は、突然額の前で拝むように手を合わせた。

「おまえんとこ、泊めてくんね？　しばらく」

「……はあ⁉」

わたしは驚愕《きょうがく》して目の前の男を見つめた。

その足元にはぱんぱんに詰まったボストンバッグが置かれている。嫌な予感がした。

「なに言ってんの」

「冷たいこと言わないでよ、俺とおまえの仲じゃんよ」

後半はやや声を絞って久米は言った。びくりとする。

たったその言葉だけで、彼に貫かれた痛みが身体の奥にせつなく蘇った。

「いやだって、会っていきなり言われても困るでしょ普通」

彼がこめたニュアンスには気づかないふりで、わたしはすげなく言った。

「いきなりじゃなきゃいいの？」

「そういうことじゃないっ」

「説明すっからさ、聞いてよ」

久米はコーヒーマグを口に運ぶ。続けて氷の浮いた水を口に含み、ふうっと大きな息を吐いて腕組みをした。

写真部時代に部室の窓枠に寄りかかって飽きずに喋っていた頃の彼を思い出し、また少しだけ感傷が疼いた。


久米は大学を卒業したあと、光学機器メーカーに就職して上京した。誰もが知っているカメラの会社だ。

しかし、このスマートフォン全盛期におけるデジタルカメラの販売業績が順調なわけはなく、中国の工場が閉鎖されたり、販売予定だったモデルが葬られることになったりと、不穏な事態に見舞われ続けた。

そしてとうとう一昨年、大規模に希望退職者を募るものだから、あまりに先が見えなくなって勢いで辞めてしまったのだという。

「まあ、残念ながら斜陽産業なんだよね。カメラっつーものを持ち歩く文化が日本人から失われたんだもの」

「あたしは持ってるよ、デジタル一眼だけど」

「お、まだ撮ってるんだ、おまえ」

久米が笑うと目尻にきゅっと皺が寄る。その顔は好きだった、と至極《しごく》冷静に思った。

彼はその後、やけになって都内のベンチャー企業に就職した。そこまでは宮田からざっくり聞いていた。

社宅も家賃補助もないので友人とルームシェアをすることになり、二子玉川《ふたこたまがわ》で新生活を始めたものの、絵に描いたようなブラック企業ですっかり消耗して、先週とうとう退職したのだという。

「え……十二月だし、もうちょっと待ったら冬のボーナスとか……」

「ないない、んなもん。あるはずがない」

久米は大げさに顔をしかめて手を振りながらきっぱりと言った。

「ボーナス自体が完全にないの？」

「や、なんか業績賞与とか言って年度末にほんのぽっちり出たけど、雀《すずめ》の涙だよ。三万、とかだよ」

「うっわ……」

かつての勤め先のことが蘇り、胃のあたりがちくりと痛んだ。

「ばかにしてるよね」

久米はコーヒーを飲み干した。わたしもつられてマグを手に取り、ぬるくなった豆乳ティーをすする。

「もちろん退職金制度もなくてさ。それでもそれなりに貯金はしてたから、ちょっと休んでから腰を据えて就活しようって思ったんだけど」

「けど?」

久米は突然ぐっと顔を寄せた。キスでもされるのかとわたしは身構えた。

「友達に彼女ができてさ。毎日すげーの、セックスの声が」

「……」

「実家住まいのお嬢様らしくてさ。最初はラブホ使ってたんだけど金も尽きたらしくて、最近はうちがラブホ代わり」

わたしは反応に困って、久米の首筋あたりを見つめた。

「今日もほら土曜だから、昼間っからいちゃいちゃし始めて」

隣席をそっと窺《うかが》い見た。左は学生たち、右は子連れ同士の主婦。いずれもこちらを気に留めてはいなそうだ。

「さすがに居場所がなくなって、勢いで飛び出してきちゃった。ああいうの聞かれて平気なやつだったとはなあ、あいつ……」

「いやでも、だからってわたしのとこに来なくたって」

「しょうがないじゃん。えっちな声聞いてたらおまえのこと思い出しちゃったんだから」

久米はしれっと言った。

「……ぶん殴っていい?」

「おお、こわ」

「秋田に帰ればいいじゃん」

言ってから、はっとした。久米は表情をなくしている。

「……それ、俺に言う？」

吐き出すように久米は言った。ごめん、とわたしはうつむいて小さく謝った。

久米の実家は複雑だった。紗子にならと言って彼は部室でぽつぽつと身の上話をしてくれた。

彼が中学生の頃に父親が蒸発し、戻ってきたときには異母妹ができていた。母親はそれを機に家を出たけれど、籍は抜かないまま別居状態となり、実家には父親の愛人と子どもが居すわるようになった。

愛人は母親代わりに尽くしてくれたし、異母妹もそれなりにかわいかったらしい。しかし多感な男子高校生だった久米は新しい家族にどうしてもなじめず、大学へは下宿から通うことにすると言っていた。実家からは、自転車で通える距離だというのに。

「もう八年半も帰ってねーよ。おまえに無視されてたのと同じ年月」

どきりとした。久米の瞳が悲しげに揺れている。

「別に無視してたわけじゃ……」

嘘《うそ》だった。

「知ってるよ。俺とのあれは、おまえにとってはただの思い出作りだったって」

そこまで言われると、わたしには返す言葉がない。謝罪などしたら、さらに深く彼を傷つける——。

ふっ、と息を吹き出す音がした。顔を上げると、久米は空気を変えるようにことさら明るい笑顔を作って言った。

「……まっ、そんなわけでさ。おまえの部屋、見るだけ見せてくださいよ」

わたしはうなだれる。

自分が断れないことを知っていた。


アパートたまゆらに向かって並んで歩きながら、わたしはひたすら打開策を考えていた。

琴引さんに久米を見られたら、すべてが終わってしまう。せっかく芽生えたこの気持ちの行き場がなくなってしまう。

でも、さりげなく車道側を歩きながら「俺の宿命なのかねえ、どこにも居場所がないのって」などとつぶやかれると、ますます帰れなどと言えなくなってしまう。

久米がコンビニに寄りたいと言うので、アパートの近くのコンビニエンスストアに入った。

ずっしり重そうなボストンバッグを片手に、久米は店内奥へ直進してゆく。

今日の夕食はどうするべきなのか、アップルパイを作ったあとのキッチンも片付けきってないし、などとぐるぐる考えながら歩みをめぐらせていると、突然視界に琴引さんの姿が目に入ってきた。心臓が止まるかと思った。シャンプーかボディーソープの詰め替え用の白いパウチを手にしている。泊めさせてもらった夜、バスルームにあったやつだ。

「あ、木南さん」

琴引さんもほぼ同時にこちらに気づいた。

「あ、さっきはすみませんでした、いろいろ」

通路の入口で頭を下げるわたしに、琴引さんはやや遠慮がちな様子で近寄ってきた。

「うちにマフラー忘れてましたよ、赤いやつ」

「あっ」

はっとして思わず首のあたりを押さえると、琴引さんはくっくっと笑った。

「忘れっぽいんですね」

鍵のことを含めて言っているのだろう。

「す、すみません」

「あとで渡しに行っても大丈夫っすか?　さっきなんか用事って……」

「なー、炭酸買うならどれがいい?」

琴引さんの背後から、久米が声をかけてきた。琴引さんが振り返る。

ああ——。

万事休す、とわたしは口の中でつぶやいた。

「……あ、電話の？」

琴引さんがわたしたちを見比べながら言う。久米はきょとんとした顔で琴引さんを見ている。長身の琴引さんをやや見上げるような格好だ。

「あの、はい、昔の仲間で、なんかいきなり泊めろとか言ってきて」

とっさにそう説明した。困ってるんです、不本意なんですという表情を作ろうとしたけれど、あまり成功しなかった。

「へえ……」

琴引さんは久米に軽く会釈し、少し目線を落とすと、

「……じゃ、マフラーは郵便受けにでも入れておきますね」

と急に温度をなくした声で言い、わたしの返事も聞かずに早足でレジへ向かっていった。

なんだか他人行儀だったな、最後。しょんぼりしながら久米に向き直り、状況を説明しようとして、息を飲んだ。

久米が提げているかごの中に、避妊具の箱が入っていた。


「最低最低最低」

アパートの階段を駆け上がりながら、わたしは繰り返す。北風が目に沁みて、こらえている涙がこぼれそうになる。

「最低最低最低最低最低最低最低」

「待てって、ごめんって」

ボストンバッグとコンビニのレジ袋を持った久米が追いかけてくる。

ああ、これじゃ部屋を教えているようなものだ。ばかみたい。完全にパニックだった。

さっきまで琴引さんとお茶していた二〇一号室の前を通り過ぎ、二〇二号室の鍵を手早く開けようとしていると、久米が追いついてきた。

「入れてよ、襲ったりしないからさあ」

「そんなもの買ってるじゃないのっ」

わたしは久米をにらみつける。ああ、琴引さんは絶対にあれを見た。

「男のたしなみだよ、これは」

言い返す久米の声が、アパートの廊下に響く。

「なんでこんなタイミングで買うのよ、意味わかんないっ」

思わず涙声になる。

終わった。全部終わった。

久しぶりの、本気の恋。小さな奇跡の連続。胸の奥がくすぐったいような日常。

早起きして準備して作ったアップルパイも。最高と言ってもらえたことも。

「ひとりで漫画喫茶にでも泊まったらいいでしょっ」

「もし電話出てもらえなかったらそうしてたよ」

久米はいじけたように唇を尖らせた。頭がくらくらしてきて、わたしはこめかみを押さえる。

「ってか誰なの、さっきのイケメン」

「……お隣さん」

二〇一号室を腕でなげやりに指し示すと、久米は目を丸くした。

「なんでお隣さんと仲良さげなの」

「鍵なくしたとき泊めてもらったの」

「えっ、なにそれえろい！」

久米が叫んだ瞬間、隣室のドアががちゃりと開く気配がした。

息を飲んでそちらを見ると、わたしの赤いマフラーを手にした琴引さんがサンダルをつっかけて出てくるところだった。頭が真っ白になる。

「あ、これ……」

「あっ……、すみません」

さっきの会話をどこまで聞かれただろうかとどきどきしながら、わたしはマフラーを受け取るために近づく。ふわりとかすかにミントの香り。

「あのー」

琴引さんは久米のほうをちらりと見て、そしてあの夜わたしを助けてくれたときと同じ口調で言った。

「もしお困りなんでしたらうち泊めましょうか？　カレーありますし」

第三章　告げる

「それで久米《くめ》くんは!?」

美冬《みふゆ》は小さなテーブルに身を乗り出してたずねた。その目が興奮に輝いている。

池袋《いけぶくろ》サンシャインシティの専門店街にあるアイスクリーム店で、先日の顚末《てんまつ》を親友に話していた。もちろん、自分に訪れた久しぶりの恋についても。

「帰ったよ。さすがにそこまで図々しくなれなかったみたい」

「いやーん、残念！　そこは泊まっていってほしかった〜」

美冬はテーブルをぺしりと叩いて詠嘆した。

「初対面の男ふたりが一夜を明かすとか、うける」

「冗談じゃないよ、あたしのいないところであいつになに言われるかわかったもんじゃないし」

「あんたも一緒に泊まっちゃえばよかったじゃん。合宿みたいに」

「なにそれ意味不明」

想像したら本気でおかしくなってしまい、わたしは吹き出した。

あの日。

泊めましょうか？　と申し出た琴引《ことびき》さんに、久米は我に返ったような顔をして丁重に辞退すると、「また出直すわ」とわたしに言い残して身を翻《ひるがえ》した。

ほっとする気持ちと、追い出すような形になってしまった気まずさとがないまぜになり、わたしは久米が去ったあとの廊下を見つめていた。北風が頬を撫でた。

「余計なこと言っちゃったかな、俺」

サンダル姿の琴引さんがぼそっとつぶやき、わたしは慌てた。

「そんなことないです、いきなり押しかけられて困ってたんで」

「でも……」

彼、あんなもの買ってたじゃない。そういうことじゃないの？

言いよどんだ琴引さんの顔にそう書いてある気がして、わたしは青ざめた。

「あのっ誤解しないでくださいね、なんか変なあれじゃないんで」

変なあれってなんだよ。心の中で自分に突っこみながらフォローすると、琴引さんは唇の端をわずかに持ち上げるだけの笑みを見せ、

「ならよかった」

と言って部屋の中に引っこんだ。

あれから久米からは連絡がなく、琴引さんと廊下やエントランスで遭遇することもなく、あの土曜日のことはなんだか夢みたいに思える。総じて良くも悪くもない夢。

いや、相殺《そうさい》してもやはりいい夢と言うべきだろう。ベランダ越しに会話し、手料理をふるまい合ったあの時間。

わたしは「赤毛のアン」シリーズ全巻を既読ぶん含めて文庫で買いそろえ、読み始めた。コ

トブキタイジ名義のブログやキュレーションサイトの投稿を追い尽くし、更新を待ち望む身となった。

そうしていつのまにか、クリスマスが来週に迫っていた。

「しかしさー、紗子《さこ》から恋バナ聞けるなんてまじ感激だよ」

美冬はダブルのアイスにスプーンを突き立てながら感慨深そうに言った。

沖縄由来のフレーバーが有名な店だ。美冬はシークヮーサーシャーベットと塩ちんすこう、わたしは迷いに迷って沖縄田芋《ターンム》チーズケーキとウベにした。ウベは色鮮やかな紅山芋だ。

「あんたっていっつもいつのまにか彼氏いて、いつのまにか別れてるもんね。〝好き〟の段階で教えてもらったのって、下手したら初じゃない？」

「そう……だろうね」

「本気なんだね、今回」

「……たぶん、はい」

言葉にすることで、より強くなる想いがある。ただ胸の内に秘めているよりも、自分の言葉で誰かに伝えることで、気持ちが輪郭を持ち始める。

照れ隠しのように美冬の塩ちんすこうアイスにスプーンを突き立て、すくった。美冬もわたしのにスプーンを伸ばしてくる。

こういうことができる相手は本当に限られている。かつてわたしのアイスに無言で顔を近づけ舐《な》め取った男と即日別れたことを思い出す。

「確認だけどさ、誰でも泊めちゃうような軽いひとってわけじゃないんだよね？」

「違う」

田芋チーズケーキとウベの境目の、色が混じった部分をスプーンですくいとりながら、わたしはきっぱりと言った。

「なんだろ、どっちかっていうと純然たるボランティア精神だと思う。あくまで素っていうか、計算とか損得勘定とかまるでなさそうな感じなの」

「困ってるひとには誰かれ構わず手を差し伸べちゃうっつーのも、ある意味軽いひとって気がするけどね」

美冬に言われて、胃の底がもやもやした。

上手く説明できない。できないけれど、琴引さんは軽いひとじゃない。そういう、よくいる人種ではないのだ。


地上へ伸びる長いエレベーターに乗り、夜の池袋の雑踏に紛れる。クリスマスソングが流れ、たくさんのカップルがぴったりくっついて歩いている。

「んー、ライターさんかあ。彼の舞台のレビューでも書いてくれないかな」

美冬がしみじみ言ったとき、何かがひらめいた気がした。

「……舞台って」

「ん？」

「今も、やってるの？　公演」

わたしは慎重に言った。

「いや、んとね、一月から新しいのが始まるの。そのチケットが全然ハケてないんだよね。今回も話題にならなかったらやばいみたいでさ……」

「買おうかな、わたし」

このひらめきを逃すまじと、わたしは美冬のきれいなグラデーションになったアイシャドウを見つめながら言った。

「えっ、まじで」

「それで琴引さんを誘ってみようかな。必ずしもレビュー書いてもらえるとはかぎらないけど……」

「紗子！」

美冬はわたしに抱きついた。

「嬉しい！　あんた天才だわ」

「ちょっとちょっと、邪魔になってる」

若いカップルが、路上で突然立ち止まったわたしたちを疎《うと》ましそうに避けてゆく。

「友達にチケット捌《さば》くなんてやっちゃいけないことかなって思って、言えなかったんだ。でもほんとは一枚でも貢献してあげたいの。劇団員と付き合うなんて初めてで、どうしたらいいかわからなくって、あたし」

顔を上気させてまくしたてる美冬の目は赤く潤んでいた。

不純な動機なのに、いいのかな。

でも、親友の役に立てて、かつ好きなひととデートができるとしたら、結果的に最高なんじゃないか。最オブ高なんじゃないか。

もう一度抱きついてきた親友のマフラーの繊維と香水のにおいを鼻先に感じながら、わたしはふいにあの夜琴引さんにもらった名刺の存在を思い出した。

そうだ。どうして忘れていたんだろう。

いくら会えなくても、その気になれば電話だってできるのだ——。

目を閉じると、商業ビルの入口に立つツリーの電飾の灯りがまぶたの内側でちかちかと明滅した。


久しぶりに琴引さんに会ったのは、美冬と会った二日後のことだった。

金曜の夜、終業後に恒例の会社の慰労会が行われた。

社員食堂にケータリングのオードブルや寿司《すし》やサンドイッチが並べられ、ソフトドリンクだけでなくアルコールも提供される。

他部署の社員たちとの交流の目的もあって立食パーティー形式なのだけれど、日本人の悪い癖で、社員のほとんどが部署ごとに固まって飲食していた。

「女性陣、すげえ呑むんすね」

今年入社の押山《おしやま》くんは、ビール一杯で顔を真っ赤にしている。

「門《もん》さんとか、全然呑まないかと思ってた。健康志向だから」

「ワインのポリフェノールは身体によいのです」

グラスの中の白ワインを小さく揺らしながら門さんは言った。ぴんと姿勢よく立っているけれど、その耳たぶがピンクに染まっているのがなんだかかわいい。

「え、白ワインにもポリフェノールってあるんすか？」

「ありますよ。正確に言えば、赤ワインよりも含有量は少ないけれど抗酸化作用が強いって言われてる」

「あ、知ってる！　〝生牡蠣《なまがき》にはシャブリ〟ってよく言われるよね」

顔色ひとつ変えずにビールを呑み続けている外口《そとぐち》さんが会話に入りこみ、食と健康の談義に花が咲いた。

寿司桶《おけ》とテーブルを黙々と往復し、満足して赤ワインを楽しんでいたわたしは、手を除菌したくなって荷物置き場に向かった。

除菌ティッシュで手や唇を拭いつつ、なんとなくスマートフォンをチェックして、ぎょっとした。

「この間は急にごめん。ちゃんと話したいから、また会いに行く」

今はもうほとんど使っていないアドレスに、久米からメールが届いていた。

意味なく周囲を見渡してしまう。

無視してしまってもよかった。でも、先日の件に関してはわたしにももっとやりようがあった気がしていた。

「こちらこそ言葉足らずでごめん。よいお年をね！」

無味乾燥とまではいかない、適度な温度感で打った文章をすばやく作成して送信ボタンを押し、わたしは談笑するみんなのところへ戻った。

自転車にも飲酒運転は適用されるので、朝も帰りもバスを使った。ほどよく酔っていた。バスを降り、マスクを外してポケットに突っこみ、冷たい冬の空気を肺いっぱいに吸いこむ。

寒いけれど、混みあう車内のよどんだ空気より外気のほうが何倍もましだった。満月に少したりない月の下をてくてく歩く。

明日は会社の創立記念日で休みになっている。その関係で、明日からクリスマスイブを含む三連休だ。独り身泣かせな暦である。

明日は年賀状を書いて大掃除をして、明後日《あさって》二十三日は都心のシティーホテルにレディースプランを使って泊まる予定だった。一眼レフとタブレット型パソコンと『アンの娘リラ』を持って、ひとりで。

二十四日の夜は、どこかでだらだらしてなるべく遅く帰ってこよう。

恋人がいると琴引さんに勘違いされては大変だけど、適当な相手すらいないと思われるのもまた、困るのだった。

琴引さんは、彼女はいないのだろうか。いないはず、とわたしは勝手に結論づける。ほとんど希望的観測だけれど、少なくともあの部屋に恋人の気配はなかった。使わせてもらった食器類はみんなちぐはぐでペアのものはなかったし、クレンジングなどの化粧品の類も置かれてはいなかった。

なにより、恋人がいるのにわたしをいきなり泊めたりするようなひとではないはず――。

アパートたまゆらに着いたとき、駐車場に背の高い人影が見えた。

ヘルメットをかぶっていたけれど、琴引さんだとすぐにわかった。中腰で、バイクに銀色のシートをかぶせ紐で縛る作業をしている。あれが琴引さんのバイクだったのか。

「琴引さん」

酒が回っているせいか、ほとんどなにも考えずに強気に声をかけてしまった。

琴引さんはこちらを見た。

「あ、こんばんは」

久しぶりに聞いた好きなひとの声は、ヘルメット越しにくぐもって聞こえた。

「それ、雨避《あまよ》けですか？　盗難防止ですか？」

ふらふら近づきながらわたしは訊いた。こんなに緊張せずに話しかけることができたのは初めてだった。酒の力は、すごい。

「両方です」

言いながら、ライダースジャケットを着た琴引さんは作業を終えてヘルメットを外した。

うわっ。あらためて好きな顔だ、と思った。そしてそれをそのまま言いそうになって焦った。

きりりと涼しいけれど、黒目がちなせいで甘く見える両目。やや毛量の多い髪から、今日は
ベルガモットのような香りがふわりと漂う。

そうだ、美冬の彼の舞台の話を……。

「そうだ、木南《きなみ》さん」

わたしより一瞬早く、琴引さんが口を開いた。

「柔軟剤とかって使います?」

「柔軟剤ですか」

話が見えずに、わたしは琴引さんの目を見つめる。

「今日、会社の忘年会だったんですけど」

「あ、うちもです」

ということは、バイク通勤の琴引さんはお酒を呑まずに帰ってきたことになる。

お酒に対して自制のきくひとなのか、単純に下戸なのか。根拠はないけれど、なんとなく前
者のような気がした。

「まじすか、だから遅いんすね」

「ええ」

「あ、それで、ビンゴの景品でいろいろもらってきたんですよ。うちの香料が使われてる製品なんですけど」

琴引さんは肩からリュックを下ろしてファスナーを開き、中から容器を覗かせてみせた。

「俺男だし、あんまり服にいい香りついちゃうのもあれなんで、どうしたもんかと思って。まあ、既にいろんなにおいついちゃってるけど」

「うそー、全然使いますよ」

わたしははしゃいで言った。もちろん、物をもらえることによる嬉しさだけじゃない。

一緒に階段を上りながら、このまま同じ部屋に帰ることができたらいいのにと心底思った。

先に二階の廊下を踏んだ琴引さんが急に動きを止めたので、その広い背中にぶつかりそうになった。続いてわたしも、それに気づいた。

わたしの部屋のドアに、久米が寄りかかって立っていた。その足元には、ぱんぱんに膨れたボストンバッグ。

「よお」

酔いが、みるみる冷めていった。

「……なんなのよ」

琴引さんの視線をたっぷり意識しながら、わたしは口の中でつぶやいた。

ひと呼吸置いてから、琴引さんの横をすり抜けて久米に歩み寄る。パンプスの音が廊下に響く。ああ、もうデートの誘いどころじゃない。

「なんでそうやっていきなり来るのっ」

わかってほしい。これは望まぬ訪問。

久米とわたしは、なんでもない。少なくとも、今はもう。

「メールしたじゃん」

久米はドアから背中を離し、しれっと言う。その首に巻きついた山吹色のマフラーが北風に翻る。

「今日来るなんて聞いてないっ」

「したよ？　最後のメール読んでないだろ」

そう言われてもぞもぞと鞄を探《さぐ》ろうとしていると、背後で「おやすみなさい」という低い小さな声がした。

はっと振り返るのと、二〇一号室のドアがばたんと閉まるのが同時だった。

ああ——。

目の前が暗くなる。

琴引さん、今日は助け舟を出してくれなかったな。いいかげん、呆れただろう。恋人じゃないことは察してくれただろうけれど、どっちつかずの関係の男女に見えていることだろう。

わたしは唇を噛《か》んだ。

苦労して取り出したスマートフォンのロックを解除すると、たしかにメールがもう一件届いていた。「じゃ、今から行きまーす　笑」とある。ちっとも笑えない。

「なにその疫病神を見るような顔」

ひとの気も知らずに久米はさもおかしそうに笑う。だってほんとに疫病神じゃん、と言いかけて彼の生い立ちを思って留まった。

「なんで返事も聞かずに来るのよ」

「だって、追い返されちゃうかもしんないじゃん。ってかさ、やっぱなに、隣人さんと付き合ってんの？」

「付き合ってない！」

とうとう廊下に響く声でわたしは怒鳴った。

「そうみたいだね、今日は声かけてくれなかったし」

久米は意に介さず、琴引さんとは反対側の隣室を指して言った。

「ここさ、隣空いてるんだね。俺引っ越してきちゃおうかな」

わたしは青ざめる。少し前から空き部屋になっていて、郵便受けは養生テープでふさがれ、東京電力の冊子がドアノブに吊《つ》り下がっている二〇三号室。

「……なんで？　ルームシェアはやめちゃうの？」

「んー、たぶんね」

秋田弁の発音で「ぶ」にアクセントを置いて、久米は答えた。

「とりあえずこれからイブの日まで、例の彼女がうちに泊まるんだとよ。耐えられるわけないじゃん？　もうめんどいからいずれ出てくよ」

「えっちょっと待って、イブの日までここにいるつもりじゃないよね?」

焦りまくって言い返そうとしたとき、右手に持ったままだったスマートフォンがぶるぶると震え始めた。

〝着信　飯坂《いいさか》美冬〟

久米にことわりもせず、わたしは通話ボタンを押した。

「あ、紗子ー?　今平気?」

少し酒の入った美冬の色っぽい声が内耳に飛びこんでくる。

「うん、どした?」

「今さー、彼といるんだけどさー、舞台の件話したらいたく感激して紗子に会いたいって言ってるの。そっちがよかったらこれから合流しない?　紹介したいし……」

「するする!」

天の助けとばかりにわたしはその言葉にすがる。

「なんならうち来ない?　彼と一緒に泊まりに来ない?」

池袋にいたという美冬カップルは本当にすぐ駆けつけてきて、電話から一時間もせずに酒盛りは始まった。

初対面同士ばかりが、二〇二号室の居間のローテーブルを囲む。美冬とその恋人にソファーに座ってもらい、わたしと久米は彼らに向かい合うかたちで並んだ。

「ふふふ。変な縁だけど、かんぱーい」

テンションの上がった美冬が音頭をとる。わたしはもう、久米とふたりきりじゃないならなんでもよかった。

彼らの到着を待つ間に久米と一緒に駅前に出て買っておいた酒類やおつまみやスナックが、みるみる消費されてゆく。お寿司とワインしかお腹に入れていなかったわたしも、ついつい手が伸びてしまう。

美冬の恋人の児玉《こだま》という男は、全体的に線の細い、ナイーブそうな男だった。黒のみでコーディネートした服装、その上にいかにも女性に好まれそうな顔が乗っかっている。ひと昔前のハンサム、という印象を抱いた。

舞台の人間らしく、声にハリと艶《つや》があるのは素人耳にもよくわかった。

背中に定規をあてたようにぴしりと姿勢がよくて、初対面のわたしの部屋に初めこそ緊張を見せていたものの、次第にくつろぎ始め、酔いが回ったのか気づけば美冬の腰に腕を回している。美冬は快活に喋りながらも、とろんとした顔で児玉の肩に頭を預けている。

そんなふたりの様子に、久米は発泡酒の缶を握り潰しながら、

「あー、結局どこもカップルばっかりかよ。俺も恋とかしてえなあ」

とつぶやいた。

缶はゆすいで捨てるから潰さないで、とわたしが言うより早く、

「久米くんは彼女いないのー?」

と美冬が語尾を伸ばしてたずね、

「そうですよ、モテそうなのに」

と児玉が心にもないであろうことを言った。

それに対する久米の返事をなんとなく聞きたくなくて、わたしはスマートフォンを取り出し、サブスクリプションサービスで音楽を流す。やけくそになってハードなＥＤＭを選ぶ。

いつか少しだけ付き合った電器屋の男に贈られたポータブルスピーカーのスイッチをＯＮにした。琴引さんの部屋にもこんなのがあったな、と思いながら。

本当に三人ともうちに泊まることになった。明日は美冬は遅番で児玉は舞台稽古《ぶたいげいこ》、久米はまだ無職だという。

「やだやだー、超楽しー」

酔うとギャルっぽくなる美冬はハイテンションになり、児玉はそんな美冬の腰回りを妖しく撫でさすり、久米はひとり「ちくしょー」とぼやき続ける。そしてわたしは、壁の向こうの隣人を想い続けている。

カオスな夜が更けていった。

美冬が手土産に買ってきてくれた輸入食材店のチーズケーキを、キッチンで切り分けた。

食器棚からガラス皿を出していると、背後から久米が「あの、そういえば俺」と言いながら近寄ってきた。鞄から何かを取り出して手渡してくる。

オランダのメーカーのココアの袋。業務用サイズだ。

「ありがとう……」

わたしがココアが好きなことを八年半も覚えていたんだ。そう思うと少しだけ胸がきゅっとなった。

そう、久米は悪いやつじゃない。図々しいし勝手だけれど、人間くさいところに情を抱かずにいられない。

だからこそ、距離を置いていたかったのに――。

「これ、おまえが撮ったの？」

壁に飾ってある写真を見ながら、久米はわたしに背を向けたまたずねた。

「あ、うん」

自分のいちばんのお気に入りであるカワセミの捕食の瞬間をとらえた写真だ。Ｂ５サイズに引き伸ばして額に入れてある。写真用アカウントとして運用しているＴｗｉｔｔｅｒのアイコンにも使っている。

「すげえな」

ストレートに褒められて、わたしは照れ隠しにお皿やフォークをがちゃがちゃいわせた。

「俺、やっぱおまえの写真好きだわ」

どきりとする。

ゆっくりこちらを振り向こうとする彼から、慌てて目を逸《そ》らした。

「んー、うまい！」

児玉がチーズケーキを口に運んで感嘆の声を上げた。

「さすが美冬、趣味がいい」

「やだーゆりくん、ここのチーズケーキなんて誰だって知ってるよお」

美冬は児玉の膝をぴしっと叩き、のけぞって笑った。

児玉の芸名は「児玉ゆりいか」というらしい。それで「ゆりくん」と呼んでいるそうなのだが、わたしはそのセンスにいまいちなじめないでいた。なにしろ本名はフミアキだかアキヨシだかヨシフミだか、そんな普通の名前なのだ。

「俺は知らなかったっすよ。秋田にはないし。なっ」

久米がわたしに同意を求める。ココアひとつでほだされたわけではないが、なんだか彼を再会当初より近しく感じていた。

「あ、そっか。おふたりは同郷でしたっけ」

美冬からだいたいのところを聞いているのであろう児玉が言った。

「ええ。あ、それはないけど『劇団ぜんまい座』がありますよ、秋田には」

久米が話をつなげた。

「ぜんまい座……？」

児玉はフォークを持ったままの手をシャープな顎にあて、考えるような仕草をした。

「え、ご存知ないっすか」

久米は遠慮のない反応をした。わたしも思わず児玉を見つめた。

ぜんまい座といえば、わたしでも知っているくらい規模の大きな劇団である。舞台関係者が知らないなんてことが、あるのだろうか。

「聞いたことは……あるけど……」

児玉は眉根を寄せた。ひやりとした時間が流れた。

「さっ、どこでどうやって寝よっかー」

美冬が仕切り直すように言った。

ソファーベッドの背を倒してカップルにひとつの布団で寝てもらい、その床に使っていないラグやシーツを敷いて久米に寝てもらうことになった。それならなんとかなりそうだ。いろいろな意味で。

続いてお風呂の順番決めをしようとすると、

「いやいやいやいやいや」

と久米が大げさにかぶりをふった。

「え、なに」

「女のあとに男が入るのはまずいっしょ」

「え？　なんで？」

鞄を探り、いつでも持ち歩いているという自分の勤め先の化粧品セットを取り出しながら美冬もたずねる。

「え、だって、おん……女性の残り湯を男がどう扱うかなんてわかんないでしょ。まあ、俺はそんな変態じゃないけどさ」

「あっ」

わたしは思わず大きな声を出した。

「どしたの」

「あ、いや……お隣に泊めてもらったとき、迷わず琴引さんが先にお風呂入ってたから……そういうお気遣いだったのかと思って」

駄目押し的に呑んだ酒の勢いでわたしは言った。

そっか。やっぱり琴引さんはよく気の回る素敵なひとだ。

ああ、会いたい。話したい。好き。

一度思い出すと、間欠泉《かんけつせん》をつついたように気持ちがあふれてくる。

「あー、隣人さんね。ねえねえ、それで結局どうなのさ。進展ないの？」

美冬が肩をぶつけながら訊いてくる。

「ないない。あるわけないよ」

「えー、なんでえ。せっかく隣に住んでるのにい。ってか、あたしも会いたーい」

美冬が子どものようにじたばたする背後で、久米はぼんやりとテーブルをウェットティッシュで拭いていた。さっきみんなで片付けて、もう汚れていないのに。

と、児玉が美冬の耳元に口を寄せて何かささやいた。美冬ははっとした顔になり、あ、そうそう！　と声を上げる。

「それであのさ、チケットのことなんだけど……」

「あっ、そうだ。買わせてください、舞台のチケット」

今夜の目的を思い出し、わたしは児玉に向き直る。

「おいくらですか？　二枚いただきます」

「なんか恐縮です」

児玉は薄いショルダーバッグから小さなファスナーケースを取り出した。

「大人一枚、四千八百円になるんすけど……」

「あ、はーい」

内心、少々ぎょっとした。

ぜんまい座くらい大きな劇団で五千円程度だ。まったく無名の劇団にしては高すぎやしないだろうか。

それでもわたしは平静を装って九千六百円を児玉に支払い、小さな二枚の紙切れを手に入れた。

「希求～僕が僕であるために～」それが公演タイトルであるらしい。ずいぶん青くさい気がしたけれど、本人を目の前にそんなことを言えるはずがなかった。

盛り上がったんだか盛り上がらなかったんだかよくわからない酒盛りのあと、結局客人たちはみんなシャワーで済ませてくれた。美冬と児玉は一緒に浴室を使った。

タオルも布団も予備でなんとかまかなうことができ、それぞれが寝場所に収まって、消灯すると意外にするりと静寂が訪れた。

午前一時半。

美冬と児玉は朝九時過ぎの電車で帰ると言っていたので、久米にも彼らと一緒に部屋を出てもらうことにした。かわいそうだけど、宿なら自分でどうにか探してほしい。琴引さんに誤解されたら困るし、部屋にふたりきりなんてもう、とんでもない。

朝食は、スーパーで久米と一緒に買った大量の肉まんでいいや。それにカップスープでもつければ充分だろう。PETボトルの烏龍茶や炭酸飲料もたくさん残っている。

琴引さんに比べるとずいぶん雑なホスピタリティーだが、急遽決まった飲み会のアフターケアにしてはよくやっている気がした。

ただ、居間とダイニングキッチンを仕切るガラス戸を閉めようとしたとき視界に入った、児玉が脱いだ靴下。あれを早くどけて床を除菌したい気持ちがあふれてくる。美冬には悪いけれど。

宿主《やどぬし》として誰よりも早く起きなければならないのに、目が冴えて眠れなかった。

ベッドから抜け出し、居間で眠る三人を意識しながら、ホテルステイのための簡単な準備をした。

絶対に忘れたくないスマートフォンの充電コードから早々とバッグにしまいこむ。本革のボストンバッグ。

去年、当時の恋人らしき相手から贈られたものだ。キスさえろくにさせないわたしを物で落とそうとして、こんなものまで買ってくれた。さすがにその夜は身体を許したが、それ以降、元を取るかのようにがつがつと身体ばかり求められ、急速に気持ちが冷めていった。

思えばみんな、悪いひとじゃなかった。

付き合い始めはそれなりに胸がときめいた。結婚には至らないまでも、そこそこ楽しく続くかもしれないと思える相手もいた。

けれどいつだって心の隅に冷静な自分がいて、恋の真価を問うてくる。

誰かの欲望を満たすための道具になり下がったり、疲弊の果てに醜悪なシーンを演じるようになるよりは、適当に付き合って適当に終わらせるのが自分には向いていると思った。舌を絡め合うことにも抵抗を覚えるような相手と長続きするはずがなかった。

二十七歳にして初めて抗《あらが》えない引力で惹きつけられることになるなんて、思いもしなかった。全身の細胞がたったひとりのために燃え上がっているような、この感覚。

でもこの先、わたしはどうしたいんだろう。

嫌われてはいないと思う、思うけど、琴引さんに恋人がいないと決まったわけでもない。たとえフリーだとしても、生涯忘れられない女性がいる厄介なパターンかもしれない。

彼のブログに熱狂的な女性の固定ファンが何人もいることも知っている。あの知性とあのビジュアルでは、女性に困ることなどないだろう。

それに、あの夜部屋に入れなくて困っていたのがわたしじゃなくても、琴引さんはきっと手を差し伸べたことだろう。たぶん、そういうひとだ。

なんだかすごく茨《いばら》の道な気がする——物理的な距離はこんなに近いのに。

そうだ。

もしやと思い、わたしは玄関に歩み寄ってそっと扉を開く。

ドアノブを回すと、外側でかさりと音がした。

予想通りだった。

柔軟剤が二本入ったレジ袋がドアノブに吊り下げられ、街灯の光に白々《しらじら》と照らされていた。

——琴引さん。

「どっか行くの?」

突然背後から声をかけられ、ぎょっとして振り返った。

いつのまにか久米が起き出して立っていた。

「行かないよ」

後ろ手にドアを閉めて施錠し、チェーンもかける。

「なにそれ」

「柔軟剤。さっき琴引さんにもらう約束してたの」

簡潔に説明して久米の横をすり抜けようとしたとき、いきなり抱きしめられた。ごとりと鈍い音を立ててレジ袋が落下する。

「ちょっ、なに……」

「ごめん」

突き放そうとしたとき、久米が細かく震えていることに気づいた。

「おまえの嫌がること、絶対しないから」

あのときと同じ台詞《せりふ》を彼は言った。


蘇ってしまう。

テーブルクロスの上にこぼした赤ワインが、さあっと染みを広げてゆくように。

震える唇を何度も押しつけ、ぎこちない手つきで制服を中途半端に脱がしながら、わたしをまさぐった久米の熱い指先。

下着を脱がされ、露《あら》わになった下半身がソファーの合皮にひやりと触れた感触。

いい？　と訊かれ、震えながらうなずくと、久米は何度も体勢を調整しながらわたしに入りこんできた。

初めてを喪《うしな》う、気の遠くなるような痛み。

でも逃げたくなくて、つながりたくて、必死でその背中につかまっていたこと――。

「おまえ、ほんとにあのお隣さんが好きなの？」

わたしを抱きかかえ直すように腕の力を強めて、久米は訊いた。逃げるな、と言われている気がした。

「そ……」

久米の肩のあたりに鼻も口も押しつけられていて、呼吸しようとすると思いっきり久米のにおいを吸いこんでしまう。

大人になった、久米のにおい。琴引さんの放つ香料の香りとはまったく異なる、男のにおい。部屋着の生地の下から、鼓動がダイレクトに伝わる。速い。とても。

「そうだよ」

答える自分の声が、深夜の部屋に小さく響く。

居間とダイニングキッチンを仕切るガラス戸の向こうから、児玉の健やかないびきが聞こえる。

「……だい、じょうぶなの」

ごくりと唾を飲みくだしながら久米は言った。

「だっておまえ、潔癖だろ」

「……そうだよ」

「他の男と、できるの？　その、いろいろ」

「あんたが心配することじゃないよ」

「心配するよ。他人じゃないもん」

「もう二十七だよ」

「にじゅうな、なだって」

久米はまた唾を飲む。腕も、指先も、まだ震えている。

「いくつだって、俺はおまえの、こと」

息をつめて、次の言葉を待った。

「だい、大事に……気にかけてきたから」

腕にまた力がこもる。震えているくせに。

「それはありがとう」

「お礼より返事がほしいんですけど」

「返事って？」

「告白に決まってるだろうがっ」

「え、今のが？」

「あたりまえだろっ」

だらんと垂らしたままの指先が冷たくなってきた。でもこの手は、彼の背中に回しちゃいけない。

「八年半ぶりに現れて告白って言われてもな……ピンとこないよ」

「じゃあちゃんと言います。木南紗子をずっと好きでした。これでピンときた？」

久米はその両手をわたしの背中から顔に移動させ、頰を挟んだ。顔が近い。

「……わたしたち、そういうんじゃなかったじゃん」

「おまえはそうかもしれないけど、俺は宮田《みやた》に遠慮して言えなかっただけだよ。だから、初めてがおまえで嬉しかった」

初めて。その言葉に、胸がどくんと大きく鼓動する。

「……まあもちろん俺にもいろいろあったし、セカンド童貞ってわけじゃないけど」

「そこまで聞いてないよ」

「言わせてよ。とにかく、ずっと心の奥にいたのはおまえだけなの」

「ありがとう」

「だからお礼じゃなくて……」

「わたしも久米が初めてでよかったと思ってるよ。たぶん、久米じゃなきゃだめだった」

それは本心だった。

久米の表情がくしゃりと歪《ゆが》んだ。

再びわたしを抱き寄せようとする彼から一歩身を退《ひ》いたとき、シンクの縁《へり》に腰があたった。

やばい、と思ったときには、久米の顔が目の前にあった。

乾いた唇がすばやく重ねられた。


やばい。やばい。やばい。

久米はシンクの縁に両手をかけてわたしを囲いこみながら、わたしの唇を吸い続ける。

耳たぶを甘噛みし、首筋を少し舐め、また唇に戻ってくる。

頭がぼうっとして、膝の力が抜けてゆく。身体の奥に火がつきそうになってしまう。

ノスタルジーが、久米のにおいが、感傷が、クリスマス前の人恋しさが、深夜のテンションが――

「ちょ、ちょっと、やめて」

ようやく久米の胸を押し戻してそう言った。でも、さっきより声に甘さが含まれていることを彼は見抜いた。

そういう勘の鋭い男だ。だからあのとき、わたしたちはつながった。

「ベッド、行っちゃだめ?」

久米の瞳が闇の中で光っていた。


そのひと言で、我に返った。

肘に力をこめて久米の身体を押し返した。

「――ごめん」

手の甲で唇をガードしながら言った。

「思い出は思い出のままにしておきたいの、勝手なのはわかってる」

一拍置いて、久米ははっ、と息を吐いた。

「思い出ったって、俺はこうして生身の人間として生きてんだから。死人じゃねえんだから。勝手に過去にすんなよ」

「でも、あの、ごめん」

「俺の中では思い出になりきれてねえんだよっ」

久米は苛立《いらだ》たしげに言った。美冬たちを起こしてしまうのにはぎりぎりたりないほどの声量で。

「ひとりでシャッター閉じないで。頼むから」

また腕を伸ばしてきた。背後にシンクがあり後退できないので、身体を横にスライドさせて逃げる。

「……紗子」

「ベッドで寝たかったら、使っていいよ。あたしそっちで寝るから」

返事も待たずに美冬たちの眠る居間へ行こうとすると、腕をつかまれた。

「わかったから、待って」

わたしは制止した。足元に落ちているレジ袋と、そこから飛び出している柔軟剤。好きなひとから手渡しでもらうはずだったもの。

何かが、少しずつずれてゆく。そんな気がする。

「今すぐどうこうしないから。ちょっとずつでも心開いてくれたら」

「好きなひといるって言ってんじゃん」

「でも、まだ全然なんだろ」

「だからっていきなりあんたにスライドしないよ。そんな単純じゃないよ」

わかるかな、わかってほしい。

闇の中で、久米は心底傷ついた顔をした。

「クリスマス、ぼっちでもいいのかよ」

「……仕方ないじゃん」

「そしたらさ」

腕をつかむ手の力を緩めて、久米は言った。

「さっきのあのチケット、誘うのに失敗したら、俺が一緒に行くから」


冬の夜明けは遅い。それでも、カーテンの合わせ目が白く光り始める時間に目が覚めた。

アラームを止めるためスマートフォンに手を伸ばすと、

「いろいろごめん。友達として、また遊んで」

と、ひと言LINEが入っていた。

居間のガラス戸の奥を覗くと、久米の姿はない。始発で帰っていったらしかった。

美冬がソファーをほとんど独占し、児玉は身体半分床にずり落ちたまま眠っていた。

久米に触れられるのは嫌じゃない。

それを再確認しただけでも有意義な夜だったと思うことにした。

美冬と児玉が帰ったあと、部屋中を掃除した。トイレは特に念入りに。

児玉の寝ていたあたりに黒々とした陰毛が落ちていた。心を無にしてティッシュでつまみ上げ、ごみ箱に捨てる。枕代わりに使ってもらったクッションのカバーを外し、洗濯機に入れる。ソファー全体に除菌消臭スプレーを吹きかける。

年賀状を手早く仕上げ、あらためてホテルステイの準備をして眠り、翌日の昼過ぎにアパートたまゆらを出た。

駐車場に琴引さんのバイクがあるのをさりげなく確認しつつ、駅へ向かう。駅前のポストに年賀状を投函し、マスクのワイヤーをぴったりと鼻の形に沿わせて黄色い電車に乗りこむ。

チェックインを済ませて部屋に入ると、ウェルカムドリンクとしてデトックスウォーターが置いてあった。急に喉の渇きを意識し、無心でそれを飲む。

貴重品だけ持って、予約していたエステを受けにゆく。マッサージのあまりの気持ちよさにまどろんでしまう。

「老廃物がすっきりするように、普段からリンパを流してくださいね。こうやって」

「明日は揉《も》み返しが来るかもしれないので覚悟してくださいね」

エステティシャンがくれるアドバイスにおざなりにうなずきながら、身体をひっくり返され、脚を持ち上げられ、全身の汗を拭き取られ、とされるがままになっていた。

レディースプランの夕食をルームサービスで取り、一眼レフで部屋からの夜景を撮影し、入浴を済ませると、日付も変わらぬうちにやることがなくなった。

〝クリスマス、ぼっちでもいいのかよ〟久米の言葉が蘇る。

ぱりっと糊《のり》のきいたシーツの上にタブレット端末を取り出し、すっかり指が覚えた検索ワード「コトブキタイジ」を入力する。

ブログが更新されていたので、貪り読む。ポストロックアイドルについての記事だった。既に「いいね」が四百近くつけられている。

投稿時間は二十一日の二十三時十八分。わたしたちが酒盛りをしていた頃だ。

予約投稿にしては半端な時間だから、きっとあの時間に執筆をしていたのだろう。うるさくなかっただろうかと不安になる。

なにげなくリロードを押した瞬間、画面が変わってまた記事が増えた。リアルタイムで更新されたのだ。

アパートたまゆらにいる琴引さんと勝手につながっている気がして、どきどきしながら画面に指を滑らせる。

「『月間BOOKレビュー』に出演します」というタイトル。はっとする。

本好きなら知っている民放の深夜番組だ。進行役は女性アイドルで、渋谷の書店「かがみブックス」の月間売り上げランキングがカテゴリーごとに発表され、レギュラーの批評家とゲストが一冊ずつ本を紹介するコーナーがある。

あの番組に琴引さんが！　っていうか、テレビに！　すごいすごい。ひとりで脚をばたつかせる。

録画するために、今すぐ飛んで帰りたくなった。

同時に、あのチケットを渡して観劇に誘うことが自分にできるのか、不安が首をもたげた。

ホテルでのささやかな贅沢《ぜいたく》のおかげでリフレッシュはできたけれど、チェックアウトして一歩外へ出ると現実の街が待っていた。

異常発生と呼べるほどたくさんの恋人たちに、執拗《しつよう》なまでに鳴り響くクリスマスソング。一泊ぶんの荷物を抱えて、女性がイブにひとりで入っても浮かない店でそそくさと食事を済ませ、逃げるようにアパートたまゆらに帰り着く。

なんだかんだで世間と自分とのズレを気にしてしまう己が心底嫌になってしまう。なんて矮《わい》小《しょう》な自我。久米の気持ちは受け入れられないくせに。

北風が頰に沁みた。自分がひどく薄っぺらい人間に思えた。

階段を上り、二〇一号室の前を通り過ぎようとして、扉の奥から賑《にぎ》やかな喧騒《けんそう》がうっすら漏れていることに気がついた。

クリスマスパーティーだろうか。なんだか意外な気がした。

客人の気配をかすかに残している自宅に入り、マスクや手袋を外して念入りにうがい手洗いをしたあと、琴引さんの部屋の居間に接する寝室の壁になんとなく耳をあててみた。悪いことをしているようで、胸がどきどきした。

「……じゃん、やっぱり……」

「……うらやましいよ、おまえ……」

会話はぼわぼわと不明瞭にしか聞こえないが、わたしの知らない音楽の合間にたびたび甲高い笑い声が入った。女性の声だ。男女合わせて五、六人はいるだろう。

わたしは胸の奥の空洞を意識する。なんとも言えない気分になり、バスタブを洗うべくブラシの柄《え》を握りしめた。

美冬と児玉がいちゃいちゃしながら使ったバスルーム。必要以上に力をこめてこすった。

そのまま湯張りせずに居間に戻り、客人たちのいた空間を無心に掃除した。


ようやく湯張りスイッチを入れようとしたとき、アパートの廊下にわっと騒音が漏れる気配がした。

玄関へ行き、扉の外に耳を澄ませる。隣室の客人たちがいっせいに帰るようだった。

「じゃーねー、タイジ」

「よいお年をー」

「原稿頑張れよー」

「テレビ観るからねー」

男女の声は階段のほうへ遠ざかってゆく。

女性はどのくらいいたのだろう。きれいなひとだろうか。琴引さんといい感じのひとはいるのだろうか。

みっともないほどの好奇心に打ち勝つことができず、わたしはチェーンを外してうっすらとドアを開いた。

カラフルな外套《がいとう》を着た五人ほどの集団が、ひとかたまりとなって階段の下へ姿を消してゆくところだった。

金色に髪を染め抜いた女性がひとりいるのを確認した――でも、それどころじゃなかった。彼らを見送る琴引さんが、こちらを振り返ったからだ。

「あっ」

「――あ」

薄く開いたドアに、気づかれてしまった。心臓が止まるかと思った。

「ごめんなさい、うるさかったっすよね」

琴引さんはドアから身体半分出したまま謝ってきた。

相変わらずの無表情。ラフな黒いトレーナーにジーンズ。その姿を、わたしは瞬時に目に焼きつける。

「あっいえ、全然……こっちも先日、うるさくしちゃいましたから」

わたしもサンダルをつっかけて廊下に出た。外気が部屋に吹きこんでゆく。

琴引さんは一瞬黙った。そして、

「楽しそうでしたよね。彼氏とお風呂とか」

それだけ言って部屋の中に戻ろうとした。

頭の中が空白になったのは一瞬だった。

「――違います！」

びっくりするくらい大きな声が出た。

ドアを閉じかけた琴引さんは、さすがにその顔に驚きを宿して再びこちらを見た。

「それ友達カップルです、わたしじゃありません」

わたしは、彼氏なんていません。思わずそう続けそうになるのを必死で抑えた。

「……え、ああ、そうなんすか」

琴引さんはわたしの剣幕にぽかんとした顔をして、

「や、なんか、柔軟剤持ってったらお風呂の声が外に聞こえてて、てっきりあの彼かと」

あの彼。久米のことか。

あの夜からずっと誤解されていたのかと思うと、ぞっとして吐きそうになる。

あいつとはなんでもありません。そう言い切れるほどわたしは潔白ではないけれど。

「あっ、琴引さん」

「はい」

思わず名前を呼んだら、反射的に返事をしてくれた。

それだけのことで嬉しくなって、わたしは勇気をかき集める。

「その友達カップルの彼氏のほうが舞台役者でして、あの、もしよかったら一緒に公演観に行きませんか。もうチケットあるので」

くじけてしまう前に、ひと息に言った。

「……観劇ですか」

琴引さんは呆気《あつけ》に取られた顔のまま言った。

「はい。お嫌いですか？」

「――や、レビューのネタになりそうだなって」

願ったり叶《かな》ったりだ。どくどくとアドレナリンが湧いてくる。やったよ、美冬。

「ちょ、ちょっと待っててください」

慌てて部屋に飛びこみ、児玉から買い取ったチケットをライティングデスクの上から引っつかんで玄関に駆け戻った。

琴引さんはドアから身体を完全に出して待っていてくれた。わたしもいったんドアを閉め、その長身に歩み寄る。

「これ。一月十九日からの公演で……」

琴引さんは品よく会釈しながらチケットを受け取った。今日はアロマの香りよりも呼気に含まれるアルコール臭がした。

「俺は基本いつでもいいっすよ」

「わたしも……」

「じゃあ、せっかくだから初日の公演にしましょっか。そのほうがレビューのしがいがあるし」

ああ。わたし今、琴引さんとふたりで出かける約束をしている――。

幸せすぎて、頭がくらくらした。

まったく寒さを感じなかった。

レビューのネタになるとしか思われていなくても、今はいい。デートという呼び名でなくてもいい。ふたりきりで出かけることに変わりはない。

ならばわたしは、その日に向かって生きる。

イブの翌日、朝のミーティングが終わると、外口さんがクリスマスプレゼントを配ってくれた。毎年恒例のことだ。

管理職だから気を遣っているのかもしれないけれど、ひとに贈り物をするのが好きなのだと以前、自ら語っていた。

ジンジャーマンクッキーは全員に。それに加え、ひとりひとりのために考えられた贈り物。

押山くんには、黒のニット帽とスウェードの手袋。通勤時に耳や手が冷えると言っていたから、と。

門さんには、無添加のリップバームとハンドクリーム。わたしも買ったことがあるブランドのやつだ。

そしてわたしには、万年筆とインク壺《つぼ》。

「毎年すみません……ありがとうございます」

日本人は謝りすぎる、まずは感謝を述べよ。誰かのエッセイで読んだ言葉を思い出しながらわたしは言った。包みを剝がすと、カワセミの羽のようなこっくりとした水色のインクが現れた。

「なんかその色、木南さんにぴったりだと思ってさ」

「嬉しいです。カワセミみたいな色が好きなので、わたし……」

わたしはかなり感激しながら言った。

「すげー、センスばっちり。外口さんが彼氏だったら俺、結婚したいっすよ」

押山くんが何かねじれた感想を言い、女性陣は苦笑した。

「私には、もっときれいになれってことですか？」

門さんが外口さんに問う。

「きれいになれっていうか、きれいをキープしてほしいと思って。唇も手もつやつやしてるから、その調子でねって意味だよ」

「ならいいんですけど……」

せっかくの贈り物を手に、門さんは歯切れが悪い。

「え、不満なんすか？」

押山くんがヒヤリとするようなことを言うと、彼女は無表情で首を振った。

「ううん。昔、付き合ってたひとから化粧品のフルセットもらったことがあって。私がノーメイクなのが気に入らなかったみたいで、なんかコスメ関係ってトラウマで」

「そうなんだあ。ま、メイクじゃなくてスキンケアだから気軽に使ってよ」

外口さんのさっぱりしているところは美徳だと思う。

「余計な意味を読み取ろうとしちゃってごめんなさい」

門さんは頭を下げた。

そうか、門さん、付き合っていたひとがいたのか。恋愛している姿があまり想像できないのは、わたしの勝手なイメージだった。本当に失礼なことだ。

ひとにはそれぞれ、歴史があるのだ。


「メリークリスマース」

アパートたまゆらに帰り着くと、エントランスで声をかけられた。野太い声だ。

びくりとして声のしたほうを見ると、一〇一号室に住むおじさんだった。キッチンカーでカレーを売っているという、府川《ふかわ》さん。

真冬なのにアロハシャツ一枚で、腰には使いこまれたエプロンが巻かれている。

「……こんにちは」

突然のテンションに対応できず、とりいそぎ笑みを浮かべて階段を上ろうとすると、

「二〇二だよね」

とさらに声をかけられた。部屋の号数だ。

「え、あ、はあ、はい」

「カレー好き?」

「えっ、好きですけど……」

意図が読めないまま反射的に答えると、わたしより少し背の低い府川さんは破顔《はがん》した。

「御飯まだなら、食べてって。アパートたまゆらの皆さんにクリスマスプレゼント」

「え……」

突然のことに、わたしは戸惑う。スパイシーな香りで食欲をそそる府川さんのカレーは前から気になっていたけれど、府川さんの部屋で……？

「三〇二と二〇一も来てるよ」

嘘。今度は、心の中で叫んだ。

わたしの上の階の佐藤さんと、そして、琴引さん。

「じゃあ……お邪魔します」

考えるより先に、口が答えていた。

同じ間取りの部屋でも住人によってこうも雰囲気が変わるものかと、わたしは感嘆した。

濃厚なスパイスの香りが立ちこめるキッチンにはＤＩＹで取りつけられた棚やウォールネット、そこにびっしりと調理器具や調味料の類が並んでいた。

天井に近い棚には、表紙が色褪《いろあ》せてぼろぼろになったレシピ本も隙間なく詰めこまれている。

どこかのエスニック料理店の厨房《ちゅうぼう》を切り取ってはめこんだみたいなキッチンだった。

どきどきしながら手を洗わせてもらおうとすると、食品を扱うひとなだけあって、ちゃんと薬用石鹸《せっけん》が置かれていた。ほっとしながら、手で水をすくってうがいをする。

琴引さんの部屋での夜が、どうしても思い出される。

「失礼します……」

居間のガラス戸をがらがら開けると、意外にポップな水玉のカーテンが目に入った。

ちぐはぐなテーブルがくっつけて並べられており、佐藤さん親子の向かいには、背の高さを持て余したように座る琴引さんがいた。

それぞれ、座卓やクッションに座ってカレーを食べている。

「あっ」

琴引さんが発する声を、わたしは聞き漏らすまいとした。

どきどきしながら琴引さんの隣に腰を下ろし、府川さんのカレーをいただいた。

ふんだんにスパイスを使ったエスニックなルーに、黄色いターメリックライス。ひと口で虜《とりこ》になった。

「すっごいおいしいです、スパイスが効いてて」

腰を下ろさずにかいがいしく立ち働く府川さんに声をかける。

「そりゃあそうだろう、売り物なんだから」

府川さんはきしし、と笑いながら、みんなのグラスにお茶を注いだ。

このアパートで、カレーをご馳走《ちそう》になるのは二度めだな。身体の左側で琴引さんを意識しながら思う。

なんだか、琴引さんに出会ってから非日常的なできごとばかりだ。

「売り物なのに、いいんですか？」

「いいのいいの。っていうか、ぶっちゃけ余ったの。ほら今日クリスマスでしょ、ビジネスマンも結構休み取るひとが多かったのかな」

「おかげで一食分浮いちゃった。ね、マナト」

名前を呼ばれた男児は無言でカレーをかきこんでいる。

マナトくんというのか。林檎をもらった日からそんなに経っていないのに、ひと回り大きくなったように思える。〝よその子とゴーヤは育つのが早い〟というお笑い芸人のネタがあった。

「マナトくんっていうんですね。おいくつなんですか？」

「もうすぐ三歳。元旦生まれなの」

「え、そうなんですか」

「こういうカレー、二歳児でも食べれるんですね」

琴引さんがカレーをかき集めながら言った。

仕事帰りにそのまま立ち寄ったのだろう、その全身から香料が強めに香っている。でも、さすがにこのカレーのにおいの前では劣勢だ。

「この子、子どものくせに辛党なのよ。それにこれ、大人でもそんなに辛くないですよね」

「たしかに、スパイシーではあるけど舌に残るような辛さはないっすね。すごく食べやすいし、万人向けというか」

琴引さんの口調がいかにもレビュワーっぽくて、わたしはそっと微笑んでしまう。

府川さんはときどき外へ出て他の住人も呼びこもうとしていたけれど、結局それ以上ひとは増えず、五人でのカレーパーティーとなった。

調子に乗って、勧められるままにおかわりしてしまう。琴引さんは三杯め、マナトくんは四杯めを食べている。

よく食べる健康的なひとが、わたしは好きだ。

「坊主、よく食うな。いいぞいいぞ、大きくなれよ」

ようやく腰を落ち着けた府川さんの大きな手で頭をわしわし撫でられて、マナトくんは笑った。にっこりというより、にやりという笑いだ。

いつも上の階で駆け回ったり飛び跳ねたりする音や振動が伝わってくるくらい活発なはずだけれど、言葉はほとんど発しない。そのぶん、表情がとても豊かな子だ。

「あんまり喋んないんですよ、うちの子。こっちの言うことは全部伝わってるみたいだけど」

わたしの思っていることを読んだように佐藤さんが言った。

「あー、うちの甥《おい》もそうでしたよ。でも三歳半くらいから急にぺらっぺら喋り始めて」

琴引さんが言う。そうか、甥がいるのか。わたしは心のメモ帳に書き記す。

「え、そうなんですかあ」

佐藤さんがぱっと笑顔になった。花開くような笑顔だった。とてもきれいなひとなのだと、あらためて思った。

「琴引さんは、おひとり住まい？」

「ええ。ここに来るまで会社の独身寮に入ってたんですけど、三十一歳になったら出なきゃいけなくって、十月にここに」

泊めさせてもらった夜にわたしに話してくれたことを、ほとんど変わらぬ口調で琴引さんは言った。

誰に対しても変わらないふるまい。そのことを好ましく思う反面、物足りなさを感じてしまう。そんな自分の浅ましさを、わたしはそっと恥じた。

「え、三十一なの？　タメ！」

佐藤さんがますます嬉しそうな顔になる。

「やだ〜、地元どこ？」

「横浜っす」

「そうなんだ。あたしはね、青森。いろいろあってね、今はマナトとふたりなの」

佐藤さんの口調がどんどんカジュアルになってゆく。

わたしは秋田出身で、と会話に入ろうとして、なんとなく言いそびれた。


一時間ほど滞在して、分担して片付けをし、みんなで辞することになった。後日何かしらお礼をしようと思いながら、府川さんに頭を下げて靴を履く。

階段を上りながらふと思いついて、外口さんからもらったジンジャーマンクッキーをマナトくんにあげた。辛党だとは聞いているけれど、嬉しそうに受け取ってくれた。

無垢《むく》な瞳。つやつやの頬。手をつないだら、だめだろうか。

「こんなイケメンが、クリスマスなのにひとりなの？」

並んで前をゆく佐藤さんが琴引さんに話しかける声が聞こえた。どきりとして、その会話に神経を集中する。

「普通に仕事だったんすよ。ダブルワークしてるし、今日もこれから」

「え、彼女いないの？」

「はあ、今は」

今は――。

含みを感じなくもないけれど、とにかく琴引さんはフリーなのだ。内心、舞い上がりそうになる。

「うっそー、やだ、ちょっと嬉しかったりして。ふふふ」

佐藤さんの横顔に、はっとした。恋する者の顔に見えた。

門さんの元彼の話を思い出す。

恋愛から遠いひとなんて、この世にはいないような気がした。

第四章　染まる

年末年始は、アパートたまゆらでひとりきりで過ごした。

思わぬアクシデントがあったのだ。

降雪で新幹線の運休や遅延が起こることの少なくない冬は、近年はあまり秋田に帰らないことにしていた。

夏ですら大雨で止まってしまい、盛岡から輸送バスへの乗り継ぎを余儀なくさせられたこともある。

でもこの年末年始は名古屋へ嫁いだ姉の莉子《りこ》が四歳の姪《めい》を連れて里帰りするので、わたしも合わせて帰省するべく切符も手配していた。

だけど——。

仕事納めの日、食材を買ってアパートの駐輪場に帰り着くと、何かが足元をするりと通り抜けた。

猫だと気づいたとき、

「ねこまて、ねこまてーっ」

あどけない声が後方から聞こえてきた。

振り返ると、辛子色のブルゾンを着たマナトくんが両手を広げながらぽてぽて走ってくるところだった。

「まあああてーーっ、ねこーっ」

マナトくんがこんなにはっきり発声するのを初めて聞いた気がして、その紅潮した小さな頰を思わず凝視する。

彼はわたしのところまで走ってくると、しゃがみこんで自転車のタイヤの群れを見渡し始めた。

まだおむつを穿いているのだろう、ズボンのお尻がもっくりと膨れている。

姪の喜子《きこ》とはまた別物の無垢な男の子のかわいさに、会うたび心打たれてしまう自分がいる。

「ね、マナトくん、ママは？」

自分の自転車の鍵を抜き取って鞄に収め、小さな男の子と目線を合わせながらわたしはたずねた。

「ねーーこーーーーっ」

わたしの問いには答えず、マナトくんは腰を折り曲げたまま、立ち並ぶ自転車の間をかいくぐるように走り始めた。

一台の自転車がゆらりと揺れながら倒れるのが、スロー再生のように見えた。

「危ないっ」

慌ててマナトくんに駆け寄り、ドミノ倒しになる自転車を手で食い止めようとした。

変な体勢のままマナトくんの頭上に折り重なろうとしていた自転車の重みを両手で受け止めたとき、ぐぎっ、という感覚とともに右足に激痛が走った。

「——いっ……」

頭が真っ白になるほどの痛み。

早くこの自転車を押し戻したいのに、微動だにできない。数台ぶんの重みを受け止める両手がぶるぶる震える。

何も考えられない。もの言わぬマナトくんの視線だけを感じた。

「マナトー！……あれ？　ちょっと大丈夫⁉」

佐藤《さとう》さんの声が聞こえてきたときには、こめかみに脂汗が浮かんでいた。

右足の甲が折れたかと思ったけれど、骨折ではなく捻挫だった。軽度。全治二週間。

佐藤さん母子にタクシーで付き添われて駆けこんだ整形外科でレントゲンを撮ったあと、ギプスも松葉杖《まつばづえ》も要らないと言われたわたしは思わず「こんなに痛いのに？」と口走ってしまい、老医師に笑われた。

たしかに足を引きずれば歩けるけれど、荷物を抱えて東京駅まで行き新幹線に乗ることなど、まず無理だ。

やむなく帰省をキャンセルすることを伝えると、母は残念がりながらも、速攻で食材をまとめた段ボール箱を送ってきた。

あきたこまち五キロ。切り餅。ゆで小豆《あずき》のパウチにきな粉の袋。角館《かくのだて》の醸造所の味噌《みそ》や醤油《しょうゆ》。比内地鶏《ひないじどり》の鶏《とり》ガラスープ。万能麵つゆ。レトルトのカレーやビーフシチュー。ほか、菓子や調味料や生活雑貨。

いい歳して少し情けないけれど、それらのおかげで最低限の外出だけで年始まで生活することができた。

ひとりで写真の整理をし、ひとりで紅白を観て、ひとりで新年を迎え、ひとりで読書に耽《ふけ》り、ひとりで琴引《ことびき》さんの記事を追った。

姉のスマートフォンで姪とテレビ通話もしたし、足に負担のかからない範囲で大掃除もした。動けなくてもできることはそれなりにたくさんあった。

――でも。

二十七歳の正月がこれでいいのかという思いがつきまとう。

年末年始、隣室はしんと静かだった。

横浜に帰省中です、この辺はやっぱり潮のにおいがします。琴引さんのブログには、そう書かれていた。

わたしはその文章をこっそり自分への私信と受け取めて、自分勝手な寂しさを慰めた。

久米《くめ》からは、「あけおめ」とひと言だけメールがあった。

三が日を過ぎる頃には、腫れも痛みもだいぶ引いてきた。

捻挫は一度やると癖になるというので、再発防止のため、筋肉強化のリハビリ方法を調べてあれこれやってみた。これはしばらく習慣化しようと思い定める。

問題は、明日からの通勤である。

あと数日は自転車に乗れそうにないので、バス通勤しかない。

駅前のバスターミナルまで歩く余裕はないので、最寄りのバス停から混雑したバスに乗ることになる。それを思うだけで憂鬱の雲がわたしを覆う。

溜息《ためいき》をつきながらスーパーとドラッグストアへ買い物に行き、レジ袋を下げてアパートへ戻る道すがら、一台のバイクがわたしを追い抜いていった。

はっとして立ち止まる。見覚えのあるエンブレム。銀色のヘルメット。

――琴引さんだ。

気づいてからも、わたしはゆっくり歩を進めた。

話したい。話しかけたい。年始の挨拶を最初に交わす相手が琴引さんなら、今年はきっと素敵な一年になる気がする。

でも、わたしの持つスーパーのレジ袋からは長ねぎがはみ出し、ドラッグストアの黒いレジ袋には生理用品やトイレ洗剤も入っている。とても落ち着いて話せそうにない。

そう思ったのに、アパートのエントランスに着いたところで呼びとめられた。

「木南《きなみ》さん」

上下そろいのチャコールグレーのウィンドブレーカーを着て、これからバイクに巻きつけるのであろう銀色のカバーを小脇に抱えた琴引さんが立っていた。

ああ、心の準備が間に合わない。

「あ、明けまして……」

「どしたんですか？　足」

普段あまり表情を変えない琴引さんが、心配そうにわたしの足元を見ている。わたしも思わず自分の足を見下ろした。

「今、足引きずって歩いてるとこ見えたから……」

琴引さんに心配されている。その事実はわたしの胸をじわりとあたたかくする。

好きなひとに心配をかけるなんて、けっしてよいことではないはずなのに。だめだ。嬉しい。

「あ、これ、年末にちょっと捻挫しちゃって」

「まじっすか？　大丈夫なんすか？」

「あはは。このせいで帰省もできなくて、どこにも行けないお正月になっちゃいました」

心臓がどきどきいっているのをごまかすように、わたしはぺらぺらと喋った。いっそ軽薄なくらいに。

「まじか……、会社とか行けそうですか？」

「休みの間にだいぶよくなったんですけど、あと三日くらいは自転車は無理そうで。わたし潔癖症なんで、明日から満員バスに乗るかと思うとめっちゃ憂鬱です」

――言ってから、我に返った。

なぜこんな軽いノリで潔癖症のことを口にしてしまったのだろう。ばかじゃなかろうか。

琴引さんの顔が見られない。

潔癖症を明かしたときの、過去の恋人たちの表情を思い出す。深海生物でも見るような目。

ああ、ばか。失敗した。本当に。

「じゃ、じゃあ」

くるりと背を向けて階段を上ろうとしたとき、

「じゃあ俺、朝バイクで送りましょうか？」

と琴引さんが言った。

琴引さんに手渡されたヘルメットは新品だった。

てっきり昔の恋人のものでも借りることになるかと思いいろいろ覚悟していたのに、昨日会話したあとわざわざ買いに行ってくれたのだという――わたしのために。

「それ、あげますんで」

自分のヘルメットの顎紐をぱちんと留めながら、琴引さんは言った。ふぇっ、と頓狂な声が出る。

「でも……いいんですか？」

「舞台のチケットのお返しなんで」

そう言って、彼は後部座席に取りつけてあるボックスに荷物を押しこんだ。

感謝とときめきで胸をいっぱいにしながら、わたしもヘルメットを装着した。黒地にオレンジのラインが入ったヘルメット。

どるん。どるん。どるん。どるん。

琴引さんはエンジンをかけたバイクの頭を駐車場の出口に向け、またがりながらわたしを見た。

「左から乗ったほうがいいから、こっちに」

誘導されて、どきどきしながらバイクの左側に立つ。

免許だけは持っているので原付を運転したことはあるけれど、ふたり乗りは初めてだ。しかも、普通二輪なんて。

「……わたし、重いかも」

「なに言ってるんすか」

琴引さんはヘルメットの中でくぐもった笑い声を響かせた。笑った両目だけがのぞいている。

朝から間近で琴引さんの笑顔が見られるなんて、なんて幸運なのだろう。

「あ、そうだ」

「はい」

「この上着クリーニングから引き取ったばかりなんで、きれいですんで」

一瞬ぽかんとしたあと、すぐに意図するところを察した。わたしが潔癖症だと知って、気遣ってくれているのだ。

「琴引さんのだったらなんだって大丈夫です」

思わず笑いながらそう答えて、ヘルメットの中で息を飲んだ。

これは――限りなく好意を伝えたことにならないだろうか？

「ならよかった」

わたしの焦りに気づいた？　気づいてない……？

「じゃあ、ぐっときてください。落ちたら危ないんで」

ぐっと、のところで腕で空気を抱き寄せるような仕草をしながら、琴引さんは言った。

顔に身体に容赦なく吹きつける風は予想以上の冷たさで、でもわたしは寒さどころではなかった。

琴引さんのお腹を両腕で抱きしめている。顔もヘルメット越しに背中に押しあてている。

アパートの壁越しに想っているひととの距離が、いきなりゼロになった。

初めてのタンデムライド。

いつもの通勤路が嘘みたいに鮮やかに目に映る。モーターの振動が心地よい。

「大丈夫ですか？」

いくつめかの信号待ちで、琴引さんはわたしを振り返って訊いた。

「大丈夫です！」

車道にひしめく車たちのエンジン音にかき消されないよう、わたしは声を張って応《こた》えた。

「寒いでしょう」

琴引さんも声を張る。

「寒いけど、気持ちいいです！　爽快です！」

叫び返すと、琴引さんはまたヘルメットの中で微笑んだ。

信号が青に変わり、バイクは一瞬の浮遊感と共に発進する。物理法則でわたしの身体は琴引さんの背中に引き寄せられる。

集合住宅の群れ、街道の並木や花壇、書店やコンビニやディスカウントショップ。いつも自転車で走りながら目にしている風景が、何倍ものスピードで飛び去ってゆく。捻挫の痛みなんて、とっくに忘れている。

——ああ。もう少しで会社に着いてしまう。

一分でも一秒でも長く、こうしていたい。

お腹に回した腕に力をこめ直し、いとおしい背中に頭をくっつけて、ヘルメットの中で小さく「好きです」とつぶやいた。

わたしの勤め先を経由しても琴引さんがちゃんと会社に間に合うように早めに出発し、その上バイクなので、いつもよりかなり早い時間に出社できてしまう。

だから誰にも見られない。

と思いきや、ヘルメットを抱えて帰ろうとして質問攻めにあった。

「えっえっ、バイクで来てたの⁉　原チャ⁉」

「バイクです、普通二輪」

「えっ、木南さんってバイク乗りでしたっけ」

「いや、後部座席に乗せてもらっただけ……」

「なんで⁉　誰に⁉　ホンダ⁉　カワサキ⁉　ヤマハ⁉」

「質問が多いよ」

苦笑しながら、わたしは事の次第を話す。なるべく簡潔に話したのに、みんなの顔に驚きと好奇が広がってゆく。

「すっげえ……ラブじゃないすか」

車種をたずねてきた押山《おしやま》くんが、うっとりと目を細めた。

「え、ラブかな」

片想いのことは言わなかったのにそんなワードが出てきて、ぎょっとしつつも胸が高鳴る。

「ラブですよ。俺だったら好きでもない子を大事なバイクに乗せたりしないですもん」

「そうかな……そう思う？」

「はい。それか、下心があるか」

下心。

急に膝の力が抜けた。

「あたしも昔乗り回してたなー。もうとっくに手放しちゃったけど」

「さすが外口《そとぐち》さん、元ヤン」

「別に元ヤン関係なくね?」

「隣人かー、えろいな。うん」

みんなわたしの捻挫のことなど露ほども気にかけずに盛り上がっている。たとえ下心でも構わない。そう思っている自分に気づく。なんにも興味を持たれていないよりは。


朝は八時きっかりにアパートたまゆらの駐車場で琴引さんと待ち合わせ、帰りはヘルメットを抱えてバスに乗る。そんな生活が金曜日まで続いた。

何度も後部座席に乗って、タンデムのコツもなんとなく心得た気がする。カーブのたびに内角に身体を倒すのは、そこまで頑張らなくていい。そんなにがっちり運転手につかまらなくても、簡単には振り落とされないものらしい。だけど、わたしはつかまる。必要なぶんよりほんの少し強めに力をこめて、琴引さんの背中を抱きしめる。これは、わたしの特権だ。

琴引さんは毎日、前日とは違う上着を着て送ってくれた。

汚れや仕事で染みついた香料のにおいを落とすために毎日洗濯していること、それが潔癖症であるわたしへの気遣いであることは、ひりひりするほど伝わった。

琴引さんなら、なんだっていいのに。


「あ、そうだ」

琴引さんと自主トレのおかげで右足もすっかり元に戻り、タンデム出勤の最終日である金曜日。

勤め先の守衛室前にわたしを降ろしたあと、琴引さんは振り返って言った。

「俺、今夜テレビ出るんですよ。ブックレビューのやつなんすけど……」

「知ってます。録画予約済みです」

ヘルメットの静電気でほよほよと浮き上がる髪の毛を押さえながら、わたしは微笑んで言った。ヘルメットからのぞく琴引さんの目が見開かれる。

「え、なんで」

「だって琴引さんのブログチェックさせてもらってますもん」

言いながら、もしかしてストーカーのように思われただろうかと心配になる。

「まじっすか。やばいなあ、緊張する」

琴引さんはそう言ってエンジンをかけた。

どるん。どるん。この耳にすっかりなじんだエンジン音。身体にダイレクトに伝わる振動が、既に恋しい。

「あの、一週間送っていただいてほんとにありがとうございました。助かりました」

「また足痛くなったら言ってください、いつでも」

琴引さんの黒いバイクが都心方面へ消えてゆくのを、朝の冷えた空気の中で見送った。

〝いつでも〟その言葉の余韻に浸りながら。


ひとりの部屋でソファーの上に正座して、「月間ブックレビュー」を観た。

壁の向こうで琴引さんも画面越しの自分を見守っているのだろう。

最近人気のあるらしいポストロックアイドルユニットの女の子がソロで司会進行役を務めている。琴引さんの音楽レビュー記事に出てきた子たちのひとりだ。

番組冒頭は、いつも通りかがみブックス渋谷本店の売り上げランキングだった。文芸、人文、文庫・新書、ビジネスの四つのジャンルが駆け足で紹介される。

この書店のTwitterアカウントの中のひとだという男性が、文芸書の売れ筋についてコメントした。書店員というのは大変な仕事なのだろう、心なしか疲弊した顔をしている。

そしてとうとう、「今月のこれチェキ！」のコーナー。思わずごくりと生唾を飲んだ。

レギュラーの文芸評論家の男性と並んで、ゲストレビュワーである琴引さん、いやコトブキタイジさんが紹介される。

「知性あふれるブックレビューで人気に火がつき、今や本好きたちの灯台的存在となっている、ライターのコトブキタイジさん。本日はよろしくお願いします」

「お願いします」

ぱりっとアイロンのきいたワイシャツを着た琴引さんは、豊かな黒髪を少し揺らして軽く頭を下げる。

表情からは緊張は読み取れないけれど、そのプレッシャーははかりしれないだろう。

琴引さん、頑張れ。画面に向かってエールを送る。本人はこの壁の向こうにいるというのに。

琴引さんが紹介したのは、web発祥の女性の作家が書いたスケールの大きな恋愛小説だった。

「旅が進むに連れてヒロインが成長するとか何かを得るとか、そういったよくある成長物語ではなくて、ただ何かに触れて何かを感じてゆく様子を淡々と描く、その感じがすごくいいんですよ」

「へええ、そうなんですね。恋愛のほうもしっかり描かれてるんですよね?」

司会のアイドルがやや鼻にかかった声で相槌《あいづち》を打つ。この子は普段、読書をする習慣はあるのだろうかと考える。

「はい、でもご想像とは少し違うかもしれません。旅先まで引っぱってきてしまう腐れ縁の男とか、行きずりのネパール人との交わりとか、そのあたりのエピソードがまた実に味わい深いんですよ。ネタバレしたくないので、これはもうぜひ本文で楽しんでほしいですね」

よどみなく喋る琴引さんはまったくいつもの調子で、このひとは緊張というものをしないのかな、と思った。

そして、今朝去り際に言われた「やばいなあ、緊張する」の意味の重さに想いを馳《は》せた。

琴引さんにもらった柔軟剤を使って洗濯した衣類をベランダで干していると、目の前にふわふわとしゃぼん玉が飛んできた。

上の階を見上げる。せり出しているベランダの底面で姿は見えないけれど、マナトくんがしゃぼん玉を吹いているのに違いなかった。

秋田では、冬に洗濯物を外に干すなんて考えられなかったな。

新たなしゃぼん玉が量産されて風に舞うのを見ながら、ぼんやり考えた。

室内に戻ろうとしたとき、隣室のガラス戸ががらがら開かれる音がした。全身の細胞がしゃきっとなる。

琴引さんはこちらに気づいていないはず。だけど、話したかった。

こんなこともあろうかと、予定のない日曜日もこうして薄化粧をするようになったのだ。

それに、五日間も彼の背中を抱きしめてバイク通勤したことで、わたしにも少し度胸がついている。

「おはようございます」

思いきって仕切り戸の向こうに顔を出す。

琴引さんはその長い体軀《たいく》をかがめて洗濯かごから黒いシャツか何かを取り出していた。

「あ、おはようございます」

琴引さんはいつものように大げさじゃない微笑みを見せた。髪に寝癖がついている。

名状しがたいいとおしさが湧き上がる。

「テレビ観ました」

間ができる前に、わたしは言った。彼はおっ、という顔になり、つかんでいたシャツにハンガーを通しながら仕切り戸のほうへ歩いてきた。ああ、やっぱりどきどきしてしまう。

「まじっすか。照れますね」

照れる？　意外な語彙《ごい》にわたしはどきりとする。琴引さんにも照れという感情があるのか。

「……はい、あの、かっこよかったです」

言いたいことはいっぱいあったのに、あほみたいな言葉しか出てこない。琴引さんは真顔だ。

「すごく引きこまれる紹介で、わたしもあの本読んでみたくなっちゃいました。収録っていつだったんですか？」

慌てて補足すると、琴引さんは表情を緩めて、

「木南さんがうちに泊まってった次の週」

と答えた。

「そうなんですね。じゃあ十一月……」

「うん。放送日が確定するまで言えなくて。あ、そうだ」

琴引さんはハンガーを物干し竿《ざお》にかけると、

「待ってて」

部屋に戻り、何かを手にしてベランダへ戻ってきた。本だ。

「これ。よかったらあげます」

『誰かの子午線』――琴引さんが番組で紹介していた恋愛小説だ。

「えっうそ、いいんですか?」

「二冊あるんで、うち」

「わあ……ありがとうございます」

気になる本を手に入れたことより、琴引さんの蔵書を分けてもらったことの喜びが当然ながら優《まさ》っていた。

「なんかわたし、いただいてばっかりで」

「そんなことないっすよ」

そのまま会話していたかったけれど、琴引さんの作業は中断されたままだ。

次の土曜はもう、観劇の日だ。そのときにまたいっぱい話そうと思い定める。

「じゃあ、土曜日楽しみにしてます」

軽く頭を下げて部屋に戻ろうとすると、あ、という彼の声が背中に届いた。

「LINEのアカウントって訊いてもいいですか?」

振り返ると、まっすぐな瞳と視線がぶつかった。

巨大な感情の波に襲われて、ぞくりとする。それが喜びであることに遅れて気がついた。

もちろんです。

そう言いかけたとき、わたしたちの目の前に大きなしゃぼん玉が降りてきた。

なんとなく指を伸ばして割ろうとする。そして、琴引さんも長い指で同じことをしていた。どちらの指で割れたのかわからない。わたしと琴引さんの間でしゃぼん玉はぱちりとはじけ、指と指が触れた。

本当に一瞬の——まさに、たまゆらのできごとだった。

「浄水って書いてるボタンあるでしょ」

「はい、ございますね」

「それを押せば浄水になるの？　それとも逆？　ほんとわかりにくいよね、この浄水器さあ」

七十歳は超えているであろう、しわがれた声の老人からの問い合わせ対応。

ＰＣの顧客データを見ると、先月も門《もん》さんが対応した履歴がある。きっと忘れてしまったのだろう。

さりげなく「十二月六日にもお問い合わせくださっていますね」と伝えてみたのだが、都合の悪いことは聞こえないらしい。

「『浄水』のボタンを押しこむことで浄水に切り替わります」

「でもさあ、押しこんじゃうと浄水の文字が見えなくなるじゃない？　そうなるとこっちは混乱するわけよ」

老人はなかなかしつこい。ただ、マニュアルには「明確な非がない場合、むやみやたらに謝らないこと」とあり、外口さんや以前いた先輩からもそのように教わっている。

「わかりづらくて大変恐縮ですが、『浄水にしたいときに浄水ボタンを押す』と覚えていただければ……」

「わかりづらいって言ってんだよ！　謝れよ！」

突然の怒鳴り声に鼓膜がキンとなった。

みんなの気遣わしげな視線を受けながら、申し訳ございません、と口にする。

ちょっと前までなら、相当なストレスを感じていただろう。

でも、今のわたしは無敵だ。

琴引さんとLINEを交換した。次の土曜は一緒に観劇だ。待ち合わせ時間も決まった。

それに——指が触れ合ったあの瞬間。あのときの琴引さんの、なんとも言えない表情が忘れられない。

ああ、だめだ。口元がにやけてしまう。

「あんたねえ、もう少しなんとか言いなさいよ！　こんなわかりづらい商品使わせるんじゃないよ、ねえっ」

老人はまだ怒っているのに、わたしは幸せなしのび笑いをこらえきれずにいた。

『バスが苦手って言ってましたけど、電車も苦手ですか？　もしそうだったら、北千住《きたせんじゅ》までバイクで行く手もあります。天気にもよりますが』

『わ、お気遣いありがとうございます！　公共の乗り物、混んでなかったら嫌いじゃないんです。電車の旅とかもたまにしますし。ひとりで（笑）』

『俺もときどきやりますｗ』

『電車、楽しいですよね！　でもタンデムもすごく魅力的なので、もし雨じゃなかったら乗せてもらってもいいですか？　（ウサギの絵文字）』

『了解です！　早めに現地入りして昼飯食べませんか？』

『いいですね！　いろいろありがとうございます（ウサギの絵文字）』

ＬＩＮＥのトーク履歴を何度も何度も反復しては、ベッドの上でひとり足をばたつかせてしまう。

どすん、ばたん。天井からマナトくんの飛び跳ねる振動が伝わってくる。自分も今そのくらい音を立てているのかもしれないと思い、動きを止めた。

でも、心の弾みは止められない。

舞い上がりすぎると痛い目を見るのではないかとも思う。思うけれど、今は舞い上がっていたい。

忘れかけていた恋の手触り。心の震え。細胞の躍動。それらをただ、噛みしめていたい。

スマートフォンを握りしめ、液晶をそっと指でなぞる。壁の向こうに大好きなひとがいる。

ふっと画面が暗転した。

じーん。じーん。じーん。じーん。振動が始まる。

〝着信　久米海星《かいせい》〟

「うわっ」

思わずひとり叫んだ。夢から醒《さ》めた気持ちでベッドの上に身を起こす。

じーん。じーん。じーん。じーん。

スルーするとよけい面倒なことになるのを経験上知っていた。わたしは小さく息を整え、通話ボタンを押す。

「……もしもし」

「母さん、オレオレ。大事な通勤鞄を電車に置き忘れちゃってさあ、悪いんだけど明日までにカネ振りこんでくんない？」

ぶはっ。条件反射で笑ってしまう。

「あらまあ、しょうがないわねえ。おいくら万円必要なの？」

「大事な手形が入ってたんだ、五百万必要なんだよ。助けて母さん」

高校時代、こんなノリで彼と喋っていた。懐かしい温度感。

「で、どうしたのさ」

あの日、結果的に冷たく追い返したようになってしまった気まずさが胸に苦く蘇る。ほんの一瞬とはいえ、うっかりとろけかけてしまったことも。

「紗子《さこ》、俺さ」

少しざらりとした久米の声。嫌いじゃない。嫌いじゃないんだけどな。

「やっぱり、そっちに引っ越そうと思って」

「えっ」

「隣の二〇三号室ってまだ空室でしょ?」

久米はしれっと言った。

「え……、そうだけど、でも」

とぼけることはできなかった。不動産屋のホームページで検索すれば、空室情報なんて誰にでもわかることだ。

「今さ、荷造りしてるんだ。この週末にそっちの不動産屋行って、即入居で契約して、来週には引っ越そうかなって。俺荷物もそんなに多くないし、赤帽かなんか使って」

「ちょっ、ちょっと、待っ」

さっきとは別の理由で足をばたつかせてしまう。彼の行動力やフットワークを考えると、嫌な予感しかしない。

「なんで? ルームシェアはもういいの?」

「とっくに破綻してたからね。ダチにも謝られたよ。俺も貯金ないわけでもないし、なによりやっぱ好きな女の近くにいたいべさ」

「そん……」

そんなことしたら、今大切に育てているものが台無しになってしまう。やめて。お願い。

「俺さ、転職先決まったんだよ」

「え、そうなの?」

「うん」

彼は有名な印刷機メーカーの名前を挙げた。

「えっ、すご……」

「Ｐｉｋｏｎでカメラの設計してましたって言えば、やっぱり面接官の目の色変わるね」

「それはそうだろうね。会社ってどこなの？」

「本社は小川町《おがわまち》だけど、所沢《ところざわ》にも事業所があって、そこ」

「えっ」

所沢と言えば、ふたつ隣の駅だ。

「だから、清瀬なら通いやすいし。アパートたまゆら、なんかネーミングも間取りなんかも気に入っちゃったし。ね、いいっしょ」

どうやって心変わりしてもらおうかと思考をめぐらせながら窓際に歩み寄り、なにげなくカーテンの隙間から外を見下ろしたとき、夜に見るには少し珍しいものが目に入った。

黄色にベタ塗りされた引越し社の二トントラックだ。

「オーライ、オーライ、オーライ、オーライ」

ピーッ。ピーッ。ピーッ。ピーッ。

アパートたまゆらの前に、ゆっくりと横づけされるトラック。

運転席が開き、黄色い作業服の男たちがばらばらと降りてくる。たん、たん、たん、と階段を上ってくる音。

「紗子？　おーい」

「……久米、ごめん」

「えっ？」

ぴんぽ――――ん。

インターフォンのモニターに、脱帽した作業員の男が映されている。

「ちょっと待ってて」

スマートフォンをテーブルの上に投げ出して玄関に向かった。

「エトワール引越しセンターと申しますー。遅い時間に申し訳ないんですが、これからお隣様のお荷物搬入がございまして。ばたばたするんでご迷惑おかけしてしまうかと思うんですがよろしくお願いいたしますー」

如才なく頭を下げる男から粗品の黄色いティッシュ箱を受け取りながら、わたしは微笑んだ。

久米、残念。

ちょっとばかり、遅かったみたいだよ。


観劇の日は朝から雨だったので、バイクではなく電車で行くことになった。

琴引さんの背中に抱きつくことができないのは少し残念だったけれど、準備は順調に進んだ。

バイク出勤のお礼のクッキーは上手く焼けたし、湿気のせいで少しうねった髪をコテで巻いたら思いのほかいい仕上がりになった。

捻挫が治ったあとにようやく行った冬のバーゲンでゲットしたモヘアのワンピースも、それに合わせて履いたタイツやブーツも上手くコーディネートできた。

少し迷って、マスクは普段通りつけた。インフルエンザの予防接種は受けているけれど、名前もない様々なウイルスが飛び交うこの季節にマスクなしで公共機関に乗る勇気は持てなかった。

世間の女性は、デートのときはどうしているのだろう。

そんな疑問は、アパートたまゆらのエントランスで琴引さんに会った瞬間にどうでもよくなった。彼もマスクをしていたから。

「おはようございます」

先に待っていた彼に思わず微笑みながら近づくと、

「おはようございます。寒いっすね」

と琴引さんは傘を持っていないほうの手をポケットから引き抜きながら言った。その手にうっかり触れたくなって、困った。

持て余した自分の指先が、ひどくかさついているような気がした。家を出る前に丹念にハンドクリームを擦りこんだというのに。

西武線とJR線と東京メトロを乗り継いで、劇場のある北千住へ向かった。

電車のシートに並んで座ると、腰から太ももにかけてが少しだけ触れ合ってしまい、そこだけ変な汗をかきそうなくらいどきどきした。

それでも会話は心地よく続いた。話すことはいくらでもあった。

タンデムライドが楽しかったこと。お互いの職場のちょっとしたネタ。琴引さんの番組収録時の裏話。『誰かの子午線』の感想。「赤毛のアン」シリーズも全部読んだこと。

話の流れで、あの日琴引さんの部屋で見せ損なったカワセミの写真も見せた。琴引さんはマスクの上の両目を見開いた。

「……これ、一眼すか？」

「はい、デジタル一眼ですけど」

「すっげえっすね……」

琴引さんはしばし固まったように写真を凝視していた。

褒められていることにも、琴引さんがわたしのスマートフォンを手にしているということにも、そしてさっきから肩が触れ合っていることにも、多幸感と緊張とで頭がくらくらした。

こんな調子で今日一日もつのだろうか、わたしは。

「でも、よくそんなに本読んでる時間ありますね。バイク通勤だから電車で読めるとかじゃないし……」

除菌した手で嘘みたいにおいしい魚介のパスタを食べながら、わたしは常日頃思っていることを言ってみた。

琴引さんと食事をするのは府川さんのお宅でのカレーを含めたらもう四度めだけれど、外食は初めてだ。

席を埋めているのはほとんどカップルかそのように見える男女で、内装もインテリアも控えめに流れるBGMも全部わたし好みで、こんな店を見つけておいてくれた琴引さんにうっかり期待しそうになる。

「や、意外にあるんですよ。製造の現場って疲れるから、業務部とか総務部とかと違って午前にも午後にも休憩があるんです」

「お昼とは別に?」

「そう。そんときひたすら読んでます。だから同僚に暗いやつだと思われてるし、本がめっちゃ香料くさくなっちゃって」

わたしは笑った。そういえば、今日の琴引さんはいつもほど香料のにおいがしない気がする。

「そうだ、でも俺四月から異動になるんすよ」

フォークの首にパスタを巻きつけながら琴引さんが言った。

「えっ」

「本社勤務になるんです。だからもうにおいも気にせず電車に乗れるし、乗車時間で読書できるし」

「引っ越さなくて大丈夫なんですか?」

思わず訊いていた。琴引さんがアパートたまゆらを出てゆくことになったらと思うと、たまらなかった。

「全然通えます。東池袋なんで」

「……よかった」

安堵の溜息をつくと、琴引さんが小さく笑った気がした。

食後のコーヒーが運ばれてくる。少し酸味が強い。

ふたりでコーヒーを飲んだあの朝がどうしても思い出される。

「琴引さんのコーヒー、おいしかったな」

思ったそのままを、うっかり口にしていた。媚《こ》びているように聞こえなかっただろうかと焦る。

「いつでも淹れますよ」

琴引さんはマグカップに口をつけながら、やさしく言った。

いつでも。その言葉が、またわたしに期待をさせる。

どんな顔をしていいかわからない。本当に、わたしはいったいどれだけ期待していいのだろう。もしかして今まさに、この関係は名前を変えようとしているのだろうか。

沈黙ができた。

「……それにしても、ほんと」

琴引さんがマグをソーサーに置いて言った。

「隣の部屋のひとが友達になってくれるなんて、東京っておもしろいっすよね」

友達。

浮き立っていた気持ちが、急に冷たい泥の中へ沈んだ気がした。

劇場は、北千住駅前の文化施設の中に入っていた。

開演十五分前にはわたしたちはチケットを受付係の劇団員に差し出していた。

ロビーには大きな祝いの花輪がいくつか出ていたけれど、身内からのものばかりと見えて、わたしの知っている贈り主の名前はほとんど見つけられなかった。

かろうじて、少し前に流行った漫才コンビの片割れの名前があった。

「俺、あえてなんにも事前情報入れずに来たんですよ。余計な知識なしにまっさらな心で観ようと思って」

心配になるくらい空いている座席の後方に並んで座り、琴引さんは少年のような笑顔を向ける。

条件反射のようにまたときめいたとき、同時に〝友達〟という言葉が蘇った。わたしも、と応じる声が少しかすれた。

こんなふうに自然に喋ってくれるのも、わたしと違って落ち着いた様子なのも、電車やお店であれこれ気遣ってくれたのも、全部わたしをただの友達としか思っていないゆえなのだ。

——だめだ。

琴引さんにことわってお手洗いに立った。

念入りに手を洗い、鏡の前で落ち着こうとする。

友達。それ以上でも以下でもない言葉。

ばかみたい、わたし。

髪なんか巻いて、いかにもデート仕様の格好をして、好意むきだしの言葉ばかり吐いて。

牽制されたんだ。これ以上気に入られたらまずいと思って予防線を張られたんだ、きっと。

Depression《デプレッション》。

鬱を患っていた知人が使っていた言葉を思い出す。こんなふうに急速に落ちこむ気分のことだろうか。

「紗子～！」

聞き慣れた声に振り向くと、女子トイレの扉を開けて入ってきたのは美冬《みふゆ》だった。

結い上げた髪に、いつもより気合いの入ったメイク。ベージュピンクのスーツにはラメが入っている。

「今日はありがとう、ありがとうね」

わたしの手を握って上下にぶんぶん振りながら、美冬は感激を露わにする。

そうだ、今日の主役はわたしじゃない。児玉《こだま》だ。児玉であり美冬だ。持ち直さないと。

「こちらこそ、いい機会をありがとう。楽しみ」

「コトブキさんと一緒なんでしょ？　あたし、彼のブログ鬼のようにチェックしちゃった。テレビにも出たんだね。あんな感じでレビューもらえたら嬉し……って、強制じゃないよ？　ないけどね？」

恋する女のパワーに圧倒されながら、わたしはまた手を洗い直した。

席に戻ると、場内はそこそこ埋まりつつあった。

児玉に何の義理もないけれどほっとする。がら空きの客席というのはいつだって淋しいものだ。

最前列にある関係者席に戻る美冬は、わたしたちの席に立ち寄った。通路側から琴引さんに声をかける。

「コトブキさんですよね～！　飯坂《いいさか》といいます～、今日はありがとうございます～」

「あっ、どうも」

入場のときにもらった舞台のリーフレットを見ていた琴引さんは、少し慌てたように立ち上がった。わたしはふたりに挟まれる格好になる。

「まだ若い劇団ですけどポテンシャルは絶対あるんで観てってくださいね～、よろしくお願いします～」

語尾を甘く引きながら美冬は極上の笑みを浮かべ会釈する。琴引さんもつられるように頭を下げた。

美冬の華やかさに圧倒されたかな、とちらりと考える。

まあいいや、なんでも。

今こうして彼の隣にいることがすべてなのだから。

リーフレットのキャスト欄には、児玉ゆりいかの名前とスチール写真がいちばん初めに載っていた。

主役なのだろう。しかし役名は書かれていない。「〝僕〟を探そう」というキャッチコピーだけが強調された、情報量の少ないリーフレットだ。

「このひとですよね、お友達の彼氏さん」

琴引さんが顔写真に指を置き、わたしに確認する。

「あ、そうです。児玉ゆりいか」

「児玉ゆりいか……」

琴引さんが小さく復唱したとき、場内の照明がふっと落とされた。

客席の緊張感が高まるのを肌で感じる。映画の上演前にもあるこういう瞬間が、昔からなんとなく好きだ。

スマートフォンの電源を切るため取り出すと、美冬から、

「あれがコトブキさん？　なんつーイケメン！　それこそ俳優かと思ったわｗ」

とＬＩＮＥが来ていた。

返信を打つ余裕もないまま電源を落とすと同時に、アナウンスが始まった。

「本日は……劇団水たまり『希求～僕が僕であるために～』へお越しいただき……まことにありがとうございます……上演の前に……お客様にお願いがございます……携帯電話や……スマートフォンの電源は……お切り願います……非常口は……ステージに向かって……左手にござ

います……ご確認のほど……お願い申し上げます……」

この感じ懐かしいな、と思いながら膝にかけたコートのよれを直していると、

「こういう感じ懐かしいな」

と隣の琴引さんがつぶやいた。

照明がもう一段階落とされて、幕が上がった。

視界が完全な暗闇に包まれると、右隣にいる琴引さんの息遣いを意識してしまう。

ふたりきりで暗い部屋にいるようなイメージをどうしても抱いてしまい、懸命にそれを打ち消そうとしていると、舞台上手《かみて》にぼわりとスポットライトがあたった。

その白い光の中に立っているのは、児玉だ。

かなり濃いめのメイクが施されていることが遠目にもわかる。アパートに来たときとは別人のような顔だ。

ステージに立っていることもあり、何の変哲もない白いワイシャツに黒いズボン姿が管弦楽団の一員のように思わせた。

「――僕たちは、どうして生まれ、どこへ行こうとしているのだろう」

よく通る声が、場内に響いた。

「僕は、本当の僕を知っているのだろうか？　この世に産み落とされた、その意味を」

アンビエントな音楽が流れ始める。

舞台下手《しもて》に、赤い全身タイツを着た女性が現れた。直立し、虚空を見つめている。

続いて、児玉の後ろからたくさん（といっても十名ほど）のキャストが出てきた。

皆、白い全身タイツ姿。クロールで泳ぐような動作をしながら、赤い女性の方へ進んでゆく。

「忘れたくない。この世に生を受けた、その意味を。思い出せ。この世で自分が本当にしたかったことを」

白い人間たちは赤い女性を取り囲み、奇妙なダンスが始まる。

——もしかしてこれは、精子と卵子を表現しているのだろうか？

「僕を、探そう」

突然、キャスト全員で唱和した。


陳腐だ。そして、退屈だ。

序盤の五分で、わたしははっきりとそう感じてしまった。

十分経っても、二十分経っても、ステージの上では児玉がピュア（？）な台詞を吐き続け、キャストたちが抽象的な動きをしているだけだ。緩急もなにもない。

第一幕と変わったことと言えば、児玉の立ち位置とキャスト陣の衣装と音楽だけだ。

「いったいどこからやってきて、どこへ行くのだろう？　僕たちは」

——ああ。

琴引さんの反応が怖くて、隣を見ることができない。

ただ、呆気に取られていることだけは間違いなかった。

「街も海も、ごみだらけ。空を見上げても、星も見えない」

学芸会のようなその舞台で、児玉の無駄にハリのある声で発せられる言葉は上滑りし、ひどく虚しく響く。

「――そんな世界で今、僕らになにができるのだろう？」

苦悶《くもん》するように腕組みしていた児玉が天井に向かって腕を突き出すと、座りこんでいたキャストたちも膝立ちになって同じ仕草をした。

「僕に見えているこの世界は、誰のためのものなのか？」

こめかみのあたりに冷や汗がにじんできた。


ひとり、ふたりと、客が席を立つ。

非常口のほうへ吸い寄せられるように消えてゆく。

「教えてくれ！　僕はいったい、何者なんだ!?」

児玉の台詞が熱を帯びるごとに、客席との温度差が生じるのが肌でわかる。

わたしの左隣に座っていた初老の女性も、荷物をまとめて席を立った。もう戻らないのだろう。

「教えてくれ！　教えてくれ！」

児玉が悲痛な声を出せば出すほど、尻のあたりがむず痒《がゆ》くなる。

こんな作品を観せるために、プロのライターである琴引さんを連れてきてしまった。そのことにいたたまれなくなる。

「僕が、僕として生まれてきた、その意味を――」

キャストたちは総立ちになり、観客に向かって手を突き出す。

「教えてくれ！」

また唱和する。

「僕たちが生まれてきた、その意味を！」


とうとうわたしも立ち上がった。

なんとか十分休憩までは頑張ろうと思ったが、もう耐えられない。

とても観ていられない。聞いていられない。

頭が混乱し、鞄だけつかんで場外を目指した。

ロビーの光の中に戻ると、ほっとした。悪夢から醒めた気分だ。

入場時にリーフレットを渡してくれた若い女性のスタッフが、出てゆく人々を前に気まずそうに受付に座っている。

やがて、たくさんの客が扉の向こうからどっと吐き出されてきた。休憩時間が始まったのだ。

みんな無言で傘立てから傘を引き抜き、まっすぐにエレベーターを目指して歩いてゆく。

連れ同士、顔を見合わせて苦笑いしているひとたちもいる。

「紗子！」

美冬の声だ。

振り返ることができずにひとの流れの中に立ち尽くしていると、彼女はわたしの正面に回りこんできて両手でわたしの肩をつかんだ。

「なにしてんの？　まさか帰るんじゃないよね」

「……美冬」

わたしを覗きこむ親友の必死な目を、意を決して見つめ返した。

「ごめん。……わたしにはちょっと合わないみたい、この舞台」

「なんで！」

美冬は叫んだ。勢いよくわたしの肩を突き放したので、よろけそうになった。

「ひどいよ紗子。ゆりくんの舞台なんだよ⁉」

「わかってる。ごめんなさ――」

「みんなこの日のためにどれだけ練習してきたと思ってるの⁉　それを半分も観ないで帰るって言うの⁉　ねえっ」

「センスが、わたしとは合わないと思ったから」

美冬ははっとした顔になった。

その見開かれた両目から、ぼろぼろと涙が流れてくる。

「……自分がどんだけのセンスの持ち主だって言うわけ」

親友から憎悪を向けられるのが、はっきりとわかった。

「潔癖で、手洗ってばっかのあんたに、なにがわかるわけ」

素手で心臓をひやりとつかまれたような気がした。

低くて重い、悲しげな声。チークを溶かしながら頬を伝う涙。

「木南さん」

背後から慌てたような琴引さんの声。追いかけてきてくれたのだ。

けれど、わたしは美冬から目を逸らさない。

「でもわたし、自分の感性に嘘はつけない」

その言葉が美冬に突き刺さったのを感じた。

気まずすぎる時間が流れた。

「もういい、紗子なんて」

美冬は泣きながらわたしに背を向けた。ヒールを鳴らして劇場へと駆け戻ってゆく。

その姿を、わたしの後ろに立っていた琴引さんとただ黙って見つめていた。

「――ぶっ」

突然、琴引さんが吹き出した。

「ぶわっはっはっはっは、あーっはっはっはっはっ」

身体をくの字に折って爆笑している。

わたしはぽかんとしてその様子を見ていた。

「〝僕たちはどこから来てどこへ行くのか〟って、ゴーギャンのパクりかよ……〝僕が僕であるために〟ってまんまJ‐POPかよ……くく……あっはっはっ」

心からおかしそうに、息もきれぎれに、琴引さんは言う。言いながら笑う。

ついには壁に寄りかかって体重を預け、全身を震わせて笑っている。誰もいなくなったロビーに、琴引さんの笑い声だけが響き渡る。

喜怒哀楽をはっきり出さない琴引さんがこんなに激しく笑うところなんて、もちろん初めて見た。

目尻の涙を拭ってまだ笑い続けている琴引さんを見ていたらふっとなにもかもどうでもよくなって、わたしも笑いがこみ上げてきた。

「ふ……ふふっ」

そうだ。きっとわたし、笑いたかったんだ。あの客席で、ずっと。

「あはは……あははは」

「はっはははは、はーっはっはっはっはっ」

琴引さんと一緒に、わたしはいつまでも笑い転げていた。


手土産の趣味がいいひとは好かれる。

営業部の久保田《くぼた》さんは外口さんの同期で、恰幅《かっぷく》のいい管理職の男性だ。

外回りから帰社するとき、高確率でわたしたちお客様サポートセンターのスタッフに差し入れを買ってきてくれる。いずれも有名店のプリンだったり、スイートポテトだったり、タルトだったりする。

今日は四谷《よつや》にある老舗《しにせ》のたい焼きだった。外側の生地がかりっとしたおいしいやつだ。

「ってか、四谷まで行ったんですか?」

「うん。最近、販路拡大にうるさくてさあ」

「ってことは、市ヶ谷《いちがや》まで有楽町線で行って、中央線?」

「いや、面倒だから社用車借りた」

押山くんと久保田さんの男同士の会話を背中で聞きながら、わたしはみんなのお茶の準備をする。

けっして女房気質なのではなく、水回りやコーヒーメーカーの衛生を自分で管理したいだけだ。

自分でもたい焼きをひとつ食べながら営業成績や部長の愚痴をさんざんぶちまけた久保田さんが営業部に戻っても、差し入れを口実にわたしたちのお茶は続いた。どのみち入電の少ない時間帯だった。

話題はなぜかわたしの近況になった。

バイク通勤以降、みんなわたしの「隣人男性とのその後」を知りたがり、事あるごとに進展について聞き出そうとするのだ。恋心を抱いていることも、とっくに見破られていた。

みんなの反応を見つつ、極力主観的にならないように心がけながら、わたしは観劇の日の顚末を話した。ただし琴引さんがライターであることと、美冬との喧嘩別れのことは省いて。

「センスの合うひとでよかったっすねえ、なによりそれが大事っすよ」

押山くんが楽しそうに言い、

「そうだよ。『友達』ってのも言葉のあやだと思うよ？　仲良くなれて嬉しいって言いたかっただけだよ」

外口さんが心強いフォローをしてくれる。

「……そうですかねえ……」

「そうですよ！　前も言ったけど、俺だったら大事なバイクに好きな女以外乗せないもん」

押山くんに太鼓判を押されて思わず頬が緩んだとき、

「そうでしょうか」

机に肘をついてたい焼きをかじっていた門さんが言った。みんな彼女に顔を向ける。

「私だったら下手な励ましされて違ってたほうがダメージ食らうんで言いますけど、ひとはそんなに簡単に隣人を好きになったりしないと思います」

「……」

「あ、木南さんに魅力がないとかそういう意味じゃないですよ。でも、隣人とか同じ会社のひととかを簡単に本命の恋人にするのって、物語の中だけな気がするんですよね」

「久保田くんは社内結婚だよ」

外口さんが言うと、門さんは、

「まあ、そういう例もありますよね」

とあっさり言ってハーブティーをすすった。

ずず、という音がやけに響き、続いて問い合わせダイヤルが鳴り始めた。


なんとなく夕食を作る気がしなくて、自転車のまま駅前に寄り、駅ビルをぶらついてどうでもいい買い物をしたあと、ひとりでラーメン屋に入った。男女問わず地元民に人気のある個人店だ。

たい焼きをふたつも食べた日だというのに、完全にカロリーオーバーだな。そう思いながら除菌ティッシュでテーブルをしっかり拭い、割り箸を割る。

門さんの言葉を反芻しながら麺をたぐり、熱いスープをすすった。

アパートたまゆらに帰り、集合ポストを覗く。ピザ屋と眼鏡屋と学習塾のチラシ、そして市の広報が押しこまれていた。

隣の二〇一号室の扉から、書籍小包と思われる茶封筒が半分はみ出している。大手出版社のロゴが隅に入っていて、「著者代送」という赤い印が押されているのが見える。きっとまた、献本なのだろう。

「あ」

急にカレーのにおいが濃くなり、背後にひとの気配がした。振り向くと、一〇一号室の府川さんの部屋から琴引さんが出てくるところだった。続いて、佐藤さん母子も。

琴引さんの郵便受けを勝手に覗いていたような気まずさを覚えて、こんばんは、と言う声が少し上ずった。

「こんばんは」

「あらー、もうちょっと早ければ間に合ったのにー」

佐藤さんが笑いかけてくる。マナトくんがわたしを見てにやりとし、だん！　だん！　と足を踏み鳴らしてみせた。その口の端にカレーが付着している。

「またご馳走になっちゃったんすよ。木南さんにもさっきＬＩＮＥしたんだけど」

「えっ、ほんとですか」

慌てて鞄からスマートフォンを取り出すと、バナー通知が表示されていた。『お疲れさまです。府川さんがまたカレーご馳走してくださるそうですよー。今どちらにいらっしゃいますか？』

うわあ。こんなときに気づかずひとりでラーメンを食べていたなんて。無念すぎる。

「残念……気づかなかった」

「じゃあ、またの機会にですね。って、俺が言うことじゃないか」

舞台の日以降、琴引さんは感情が以前よりわかりやすく顔に出るようになった気がする。おかしそうに笑って階段を上り始めた。

「あ、献本か何か届いてましたよ」

ちょっと迷いつつも声をかけると、

「お、まじすか」

琴引さんはそう言ってエントランスに引き返した。茶封筒を引き抜くその姿を、わたしと佐藤さんは無言で見つめた。女ふたりが待ち構えているような格好になり、いささか気まずい。

マナトくんがわたしの脚に抱きついてきたので、柔らかな髪を遠慮なく撫でる。子どもとはつくづく場持ちのする存在だ。

「ありがとう。帰り着くなり呼びこまれたもんだから」

琴引さんが階段に戻ってくると、佐藤さんがさりげなく傍《そば》に寄り、一緒に上ってゆく。あのときと同じだ。

明日から二月だなんて早いよねえ。そんな佐藤さんの声を聞きながら、蛙《かえる》のように階段を跳んで上ろうとするマナトくんと一緒にふたりの後を追う。

ひとは簡単に隣人を本命の恋人にしたりしない――門さんの言葉がまた蘇る。

そうかもしれない、と思う。現実はそんなに単純じゃない。

でも、どうしても気になることくらいはあるのではないだろうか。今のわたしみたいに。

本命になれるかどうかの差異は、そこまで重要じゃないのではないだろうか。

三階のふたりと階段で別れ、二階の廊下で琴引さんにじゃあ、と告げて部屋に戻ろうとすると、

「あ、待って」

と呼びとめられた。

「はい」

どきどきする。数日に一度はたわいのないことでＬＩＮＥが届くようになった今も、変わらずわたしの胸はときめく。

「会社でまたもらったんすよ、よかったら」

琴引さんはヘルメットのバックルを肘に引っかけ、肩からリュックを下ろして漁り始めた。誰もが知っている入浴剤メーカーの容器をふたつも手渡してくれる。ゆずの香りと、ヒノキの香り。

「わあ……いつもすみません」

手を伸ばして受け取ると、指先が軽く触れた。手袋越しにだけれど。

「ふたつもいただいちゃって大丈夫ですか？」

「俺、この間ももらったばっかなんで。まったくおんなじやつ」

あはは。自然に笑うことができた。

「じゃあわたし、琴引さんとおんなじ香りになっちゃいますね」

特に深く考えて発した言葉ではなかった。でも、琴引さんは一瞬固まったように見えた。

「……じゃ、おやすみなさい」

そう言って扉を閉める琴引さんの耳たぶが真っ赤に染まっていることに、わたしは気がついた。

第五章　決める

琴引《ことびき》さんがキュレーションサイトに府川《ふかわ》さんのカレーのレビューを書いたところ、お店がちょっとブレイクしているらしい。

「文章力あるひとってのはすごいね。先月までの倍仕込んで行ってもすぐハケちゃうんだよ」

朝のごみ置き場で会ったとき、相変わらずアロハシャツを着た府川さんは嬉しそうに語っていた。

もし――劇団水たまりの舞台についてもレビューを書いてもらえていたら、児玉《こだま》たちの運命も変わったのだろうか。

そのことは、あまり考えないようにしていた。

疎まれてしまった大切な親友の記憶と結びついてしまうから。

「こんばんはあ」

話しかけられて顔を見ても誰かわからず、わたしは固まった。駅前にあるスーパー兼ドラッグストアのような店で夕食の買い物をしているときだった。

小柄で敏捷《びんしょう》そうなイメージの、わたしより少し年上に見える女性。

髪をラフにまとめ、ラベンダー色のカシミヤのマフラーを首に巻きつけて、中身のぱんぱんに詰まった黒いショルダーバッグを肩から斜めがけしている。自分ならあまり選ばないような青みがかったピンクの口紅が、健康的な肌の色に似合っていた。

「お買い物ですかあ?」

お買い物以外にないだろうと思いつつ、そのわずかな関西弁っぽいイントネーションでようやく思い出した。先月隣の二〇三号室に引っ越してきた多田《ただ》さんだ。

あの夜、引越し作業が完了したあと丁寧に各部屋を挨拶に回っていた。それ以来会わなかったので、顔を忘れてしまっていた。いただいたカステール石鹸はしっかり使いきったくせに。

「あ、はい。こんばんは」

ただ挨拶を返しただけなのに、多田さんは何かおもしろいリアクションを得たかのように笑った。わずかにのぞく八重歯が人懐っこい印象を与える。

「もうすぐバレンタインなんてねえ、ついこの間までお正月だったのに」

わたしたちはバレンタインデー特設コーナーの前にたまたま立っていた。安っぽい、でもそれなりにおいしそうなチョコレートが、やたらポップな色柄の包装を施されて什器《じゅうき》に山積みされている。

「ほんとですね、早いですねえ」

「でもこういうチョコって添加物がすんごい入ってるんですよね。フェアトレードのがいちばんですよ、乳化剤なんて使ってないやつ」

多田さんは突然わたしに顔を近づけ、熱をこめて言った。

いきなり距離を詰められると、相手が女性であっても引いてしまう。

「はあ……まあ……」

曖昧な返事をすると、多田さんはまたにっこり微笑み、じゃ、と軽く頭を下げて生鮮コーナーのほうへてくてく歩いていった。

なんだったんだろう。若干もやもやしながら、マフラーに包まれた多田さんの小さな頭部を見送った。

そんな違和感はしかし、バレンタインという個人的な議題のおかげで霧散した。

そう、バレンタイン。どんな形にせよ、好意だけははっきり示そうと決めていた。

二月に入ってから、わたしは琴引さんと二度も夕食に出かけていた。

『文芸ライターに絞ろうと思ってたんですけど、食レポのほうもまだ地味に需要あるみたいで(笑)。ひとりじゃコース料理も試しづらいので、付き合ってもらえませんか？　ちなみに料金は領収証で落ちます！』

そんなＬＩＮＥで誘われて、土曜の夜に肉バルへ、その次の金曜の夜にエジプト料理の店へ出かけた。いずれも徒歩で行ける駅周辺の店だ。

サイトに掲載する料理の写真はわたしが一眼レフで撮影し、琴引さんにＬＩＮＥのアルバム機能で送った。それは彼にひどく喜ばれた。

食レポの同伴。それはデートとは程遠いものかもしれないけれど、ふたりきりでお酒を呑むという行為はわたしたちをぐっと親密にした。少なくともわたしにはそんなふうに感じられた。

琴引さんが最初に就職したのは都内の出版取次店だったこと。初めてのひとり暮らしはそこで働いた三年間続き、その期間に自炊や家事のスキルを身につけたこと。その会社がダブルワーク禁止だったため、ライターとしても働けるよう必死に転職活動をして今の会社の独身寮に入ったこと。わたしの中の琴引泰而《たいじ》のプロフィールがどんどん加筆されてゆく。

自分も転職組で最初は輸入車ディーラーで働いていたのだと話すと、彼は意外そうな顔をした。それからしばらく、車社会についての話題で盛り上がった。

「この店、デートにもお勧めって書いちゃおう」

デート、という単語にわたしの内部が敏感に反応する。

お酒のせいでうっすら耳たぶまで染まった琴引さんの投げかける笑みに、そろそろ本当に何かを期待してもいい気がした。友達以上の、あるいは隣人以上の。

リスクは覚悟している。門《もん》さんに言われたこともひとめぐり考えた。

うっかり気まずくなってしまったら、アパートたまゆらを出ていかなければならないかもしれないのだ。

トリュフにしようか、フォンダンショコラにしようか、それとも普通に買ったチョコがいいだろうか。

そして、なんと言って渡すべきか。決定的なことを口にしてしまっていいのか――。

どたどたとマナトくんの駆け回る足音を天井に聞きながらスマートフォンを手にうだうだ考

えていると、ぶるっと震えてＬＩＮＥが届いた。琴引さんだ。

ベッドからがばりと跳ね起きる。

「たった今、Ｔｗｉｔｔｅｒ始めてみました！　木南《きなみ》さんの写真アカウントってどれですか？」

そこに書かれているアカウント名をすばやく検索してこちらからフォローしようとしたとき、わたしにも新しいフォロワーが増えていることに気がついた。

「粂粂《くめくめ》ＣＬＵＢ」。所在地は所沢。

どう考えても、久米《くめ》だった。


気づけば久米に電話をしていた。自分から彼にかけるなんて写真部時代以来のことだった。

久米はワンコールで出た。

「おお、まじか、紗子からなんて」

「粂粂ＣＬＵＢってなんすか」

開口いちばん言ってやると、久米はけけけ、と笑った。

「やっぱわかったか。最高だろ、俺のセンス」

「ってかさ、なんであたしのアカウントわかったのよ」

「おまえの写真なんて一目《ひとめ》でわかるよ。おまえ、『ギャラリー・アイズ』でそこそこ活躍してんじゃん」

写真愛好家の集うｗｅｂサイトの名前を彼は言った。写真好きたちのＳＮＳのようなサイトだ。そのプロフィール欄にTwitterアカウントをリンクさせていたのだ。

「……あんたもやってたんだ」

「や、俺は最近撮ってないから観る専だけどね。でもあのカワセミの写真は絶対紗子だと思ったんだ」

「え」

「好きなモチーフとか構図のかっこよさとか変わってないもん、おまえ」

表現者のひとりとして、変わっていないという評価はけっして褒め言葉ではないだろう。それでもわたしはほのかに嬉しかった。あのたくさんの写真愛好家の中から見つけてもらえたことが。

「新生活はもう、落ち着いた?」

照れくさくなって話題を変えた。

彼が結局所沢に住むことになったことは、先月末にもらったメールで知っていた。住所ばかりかマンションの外観の写真までわざわざ添付してあった。

「まあねー。こんなに職場に近いとこ住んだことないから、便利すぎてちょっと変な感じ」

「わかる」

「地元と違って買い物には困らないしな。デパートも商店街もあるし」

「徒歩圏内にデパートがあるっていうのがね」

「そうそう。……なあ、こっちに買い物来たりしないの?」

久米は今、外を歩いているらしい。最近のスマートフォンは優秀でほとんど雑音を拾わないけれど、彼の息遣いがそう思わせた。北風を肩できって歩いている様子が目に浮かんだ。

「大きい買い物は池袋に出ちゃうことが多いけど、たまには行ったりするよ、所沢も」

「そっか。気が向いたら遊びに来いよ、変なことしないから」

「変なことって」

あの夜久米に迫られたシンクのあたりを横目で見ながら、わたしは低く笑った。

「ね、今外にいるんでしょ」

「え？　うん」

「寒いだろうから切るね、早くあったかいとこ入ってね。いきなりかけてごめん」

そう言って切ろうとすると、

「……そういうとこだよ」

久米は突然低い声になって言った。

「なにが？」

「おまえのそういうとこが好きなんだよ俺はっ。おやすみっ」

通話はぶつりと切れた。

門さんはリュックをお腹側にしょって歩くので、遠目には妊婦に見えたりもする。

電車の中で、背中にしょっていたリュックのファスナーを勝手に開けられ財布をすられそうになったことがあり、それ以来このスタイルになったのだと以前語っていた。

「それならショルダーバッグにすれば」とすかさず反応した押山《おしやま》くんに、「いや、両肩に均等に重さがかかるようにしないと骨格が歪むんで」ときまじめに答えていた。

今、二月の夕闇の中をゆったりと歩いてゆく門さんの背中は、何らかの決意を秘めているようにやけに大きく見える。

「門さーん」

少し迷ったけれど、呼びとめた。どうせ自転車置き場の前で追いついてしまいそうだった。

「お疲れさまです」

門さんは振り向いた。わたしが何を言おうとしているかわかっている顔だ。

「門さん、三月で辞めちゃうってほんと？」

契約社員である門さんと押山くんは、半年に一度、契約更新意志の確認がある。門さんが新年度の更新をしないということを、さっき外口《そとぐち》さんに聞いたのだ。特にオフレコでもないらしい。

「はい、お世話になりました」

門さんは軽く頭を下げる。それ以上補足がないので、理由も訊いてよいものかどうかためらった。

「あ、外口さんにも言ったんですけど、送別会とか要らないんで」

「え……」

「気を遣わせるの嫌いですし、居酒屋とかもそんな好きじゃないんで」

それだけ言うと、門さんはじゃ、と再び頭を下げ、夕闇の中を歩み去っていった。

気持ちを切り替えるように、バレンタイン用の食材や包装用品を買いそろえた。

最近は会社近くの大きめの商業ビルで食材や消耗品を買って帰ることが多くなった。そういうものを買うところはあまり琴引さんに見られたくないという気持ちもある。

レジ袋を提げたままふと、書店の前で足を止めた。見覚えのある青い表紙が視界に入ったような気がしたのだ。

気のせいではなく『誰かの子午線』が店頭に平積みされていた。「ライター・コトブキタイジ絶賛！　抱えるのではなく、手放してゆく女の旅物語」というPOPが立てられている。

早くしないと、琴引さんが手の届かないところへ行ってしまう。

ふと、そんな不安にとらわれた。


最初は、地震かと思った。

バレンタイン前夜。

明日手渡すためのフォンダンショコラをオーブンに入れ、洗い物を済ませ、バターの空き箱――フォンダンショコラは本当にバターを大量に使う――を潰しているときだった。

BGMのプレイリストが一周して訪れた静寂に、その音は聞こえてきた。

かた、かたかた。かたん。かたかたたかたかた。

居間のテレビやブルーレイデッキが、ほんのかすかに振動している。正確には、それらの面した壁が。

地震だろうか。でも、他に揺れているものはない。

壁に手をあてた瞬間、疑問は解消された。

「ああんっ！　あんっ、ああん！」

悲鳴のような女性の声が聞こえ、わたしはその場から動けなくなった。

「あんっ！　ああああ――」

そういう、こと、か。

この壁の向こうは、お隣の多田さんの寝室だ。ベッドがぴったりと壁にくっつけられているのだろう。

腑に落ちると同時に、耳が熱くなった。数日前に会ったばかりの多田さんのピンクに塗られた唇を思い出す。

がたがた。がたがたがたがたっ。

「あんっ！　ああああん！　あっ……ああんっ！」

やがてひときわ大きな叫び声が上がり、振動は止まった。

燃えちゃったね、という男性の声までが聞こえてしまい、わたしは足をしのばせて壁から離れた。

こんなことは、上京して最初に住んだ小さな部屋でもたまにあった。

初めて他人の性交の声を聞いたときは、その生々しさに興奮を覚えつつも、近所迷惑を考えてほしいと腹も立てたものだ。

でも、今は少し違う。

わたしはいつからセックスしていないのだろう——そんな淋しいことを考え、それから琴引さんの唇や指先をありありと思い浮かべてしまう。

触れられたい。めちゃめちゃにしてくれて構わない。

潔癖症のくせに、どうかしている？　でも恋とはいつだってどうかしているものだろう。

おかげで、焼き上がったフォンダンショコラは煩悩《ぼんのう》と一緒にラッピングされることとなってしまった。


落ち着かない気持ちのまま、バレンタイン当日を迎えることになった。

外口さんから、それとなぜか押山くんからも配られた義理チョコ（？）を鞄に入れて帰宅した。

朝から雨だったので、帰りもバスに乗る。誰かの濡れた傘がコートに貼りついて不快感を募らせた。

いつもの習慣で、琴引さんのバイクが駐車場にあることを確認する。もう帰ってきているのかな。

いや、雨だから電車だろう。在宅かどうかはバイクの有無ではわからない。いきなりチョコを持ってチャイムを押すよりは、事前にＬＩＮＥで連絡したほうがいいだろう。社会人らしく、わざとらしすぎないように。

告白、のような言葉は、手渡したときの琴引さんの反応を見て決めようと思っていた。


寝室の壁に、何度か耳をあててみた。

二〇一号室は静まり返っている。ひとの気配は感じられない。

今夜はずいぶん帰りが遅いんだな。残業だろうか。

『お疲れさまです。今、ご在宅ですか？』

震える指先でＬＩＮＥしてみたのは四十分前だけど、まだ既読にならない。御守《おまも》りのように壁にかけてあるヘルメットを何度も見つめてしまう。

あわよくば、チョコを渡して一緒に夕食にでも行ければと思っていた。自分の甘さを呪いながら、空腹に耐えかねて冷凍のパスタを解凍して食べた。

既にフォロワーが二千人を超えている琴引さんのＴｗｉｔｔｅｒをチェックする。

他サイトに書いた自身のレビューを引用で紹介している他は、「東京は、冷たい雨。」とか「ふいに冬瓜《とうがん》が食べたくなってつらい。」とか、ささやかなつぶやきばかりだ。

今どこでどうしています、と世間にリアルタイム発信するような種類のひとではないのだ。

『お疲れさまです。出版記念パーティーに呼ばれていて遅くなりました。これから帰るところです。雨ですねー。』

ようやくLINEの返信が届いたのは、二十二時半を過ぎていた。

どこにいるのかはわからないけれど、都心には違いない。今から帰ってくるということは日付が変わってしまう可能性もある。

わたしは小さな溜息をついた。気合いを入れているのは自分だけのような気がして。

もう、明日でいいや。袋に入れてドアノブにかけておくという手もあるけれど、手作り菓子をそんなふうに押しつけられたら、自分なら引いてしまう。

諦めて風呂に入り、簡単な部屋着に着替え、それでもぎりぎり会えた場合に備えて薄化粧でもしようかとドレッサーの前に座ったときだった。

アパートの前で、ひとの声がする。予感がして、カーテンの合わせ目からそっと外を覗いた。

雨の中に、タクシーが一台停まっている。その前で、男女がなにやら押し問答をしている。

そのひとりが琴引さんだと気づいて、鼓動が大きくなった。

「――すみません、ほんとにそれは」

わたしの大好きな声が小さく聞こえる。

「やだ！　コトブキさんちに泊まるんだもーん！」

鼻にかかった女性の声。聞き覚えがある。

闇の中に目を凝らすと、ツインテールの髪が揺れているのがわかった。

わかった。あのポストロックアイドルユニットのメンバーだ。「月間ブックレビュー」の司会をしていた——。

「いやでも、ほら……」

「やだやだー！　入れてくださいよお。ほら、濡れちゃう」

女性は酔っているようだ。あろうことか琴引さんに抱きついている。

タクシーは焦《じ》れたように発進してしまった。嘘、どうするの？　緊張のあまりめまいがしそうだ。

ややあって、ふたりの姿が視界から消えた。エントランスに向かったのだ。

慌てて玄関に走り、ドアに耳をつける。たん、たん、たん、たん。少し乱れたふたりぶんの足音が階段を上ってくる。

嘘。ねえ、琴引さん。

お邪魔しまーす、という無邪気な女性の声に続いて、扉はばたんと閉められた。

気づけば、冷たい雨の中を走っていた。

鞄の中に最低限の荷物と冷蔵庫のフォンダンショコラを放りこんで出てくるほどには冷静だったのに、外に出るまで雨のことをすっかり忘れていた。

一瞬で傘を諦め、雨に打たれることを選んだ。もう部屋に引き返す気にはなれない。

大好きなひとが女の子とふたりきりでいる部屋の隣になんて。

下りの電車はまだ動いていた。

飛び乗る直前にマスクを着用し、混雑する車内で二駅ぶんだけ我慢する。

酒のにおい、油のにおい、繊維のにおい。そして、空気中に浮遊する菌やウイルス。

それらがほとんど意識に上らないくらい、頭の中がぐちゃぐちゃだった。

――慢心。そんな言葉が浮かぶ。

結局のところ、油断していたのだ。

二度も部屋に招かれ、バイクで会社に送ってもらった。ベランダ越しに本をもらい、観劇や食事に出かけ、私用のＬＩＮＥが来るようになった。

ほとんど表情の変わらなかった琴引さんが少しずつ素の顔を見せてくれるようになった、自分は特別だ、そう感じた。完全に調子に乗っていた。

彼の「友達」発言や門さんの意見と、もっとしっかり向き合っていれば。

彼にとって、わたしは他の女の子たちとなにも変わらない。

困っていれば部屋に入れ、仲良くなれば食事に誘う。それ以上でも以下でもない。

苦い涙が頬を濡らした。ぐすっと洟《はな》をすすると、隣に立っていた女性が小さくびくりとし、気まずそうに顔を背けた。


「……えっ？　えっ？　えっ？」

いきなりチャイムを鳴らすと、扉を開けた久米は語彙のないひとみたいな反応をした。

「『なんでいきなり』とか言わせないよ、あんたにだけは」

明るく言ったつもりが、泣き笑いになった。雨で濡れた髪が額や頬に貼りついている。ちょっとホラーかもしれない。

「えっ……、だっておまえ」

久米の髪も濡れていた。風呂上がりなのだろう。

久米からも、部屋の中からも、石鹸や入浴剤の香りがした。人工的な、嘘っぽいシトラスの、落ち着く香り。

それを嗅いだとき、胸がつまって新しい涙がぼろぼろとこぼれ落ちた。久米はまた目を見開いた。

「とにかく、入れよ。風邪ひくぞおまえ」


久米の部屋は小ざっぱりしていた。余計なものがほとんどない。ボストンバッグひとつで家出してくるだけのことはある。

それでも彼は落ち着きなく動き回り、床に粘着テープを転がしている。

「気、遣わないで」

わたしはそう言って鞄からフォンダンショコラの包みを取り出し、振り向いた久米に突き出した。

「これ、宿代」

中腰のままほとんど反射的に受け取った久米は、中身を確認して眉根に皺を寄せた。

「だってこれ……俺用じゃないだろ」

「いいの。要らなかったら捨てて」

言った途端にまた涙があふれてくる。なんだか無限に泣けそうだ。

あのアイドルの子の顔に、昨夜聞こえた多田さんの生々しい喘《あえ》ぎ声《ごえ》が重なる。今頃、本当に琴引さんとそうなっているかもしれない。心臓がぎゅっとなる。

美冬には絶縁されたようなものだし、門さんにも佐藤《さとう》さんにもうっすら嫌われている気がするし、行くあては昔関わった男しかいないし。

久米は粘着テープを床に、包みをローテーブルに置き、よろよろと立ち上がった。

突っ立ったまま泣きじゃくるわたしに、おずおずと手を伸ばす。わたしは拒否しなかった。

いきなり胸に触られるのかと思ったら、久米はわたしの濡れたコートのボタンを外していった。ひとつひとつ、震える手で。

「……そんなに、無防備に泣いてたら」

コートが、ばさりと床に落ちる。

「『変なこと』するぞ」

「いいよ」

しゃくり上げながら、わたしは答えた。

「自分の服を自分で脱がすのってなんか、変な感じだな」

久米はぎこちなく指を動かしながら言った。

ふふ、とわたしは低く笑う。

促されて万歳するように腕を上げると、さっき風呂上がりに借りて着たばかりの久米のトレーナーがするりと腕を抜けた。

泣きすぎて、目と鼻の奥がまだしょっぱい。

ごうん。ごうん。

雨で濡れたわたしのワンピースとタイツが、洗濯機で回っている。

これから干して明日の朝までに乾かすことは不可能だろう。ドライヤーで丹念に乾かせばいけるだろうか。こんな状況でも、現実的な心配がちらりと頭をかすめる。

まあ、いいや。

もう、どうだって。

うん。

いいんだ。

もう――。

また唇が近づいてくる。

目を閉じて受け入れる。唇から耳たぶを経由し、首筋をなぞって胸へと下りてゆく、久米の乾いた唇。

上下の下着だけになった身体が肌寒い。久米が察して自分の身体ごとすっぽりとタオルケットをかけてくれるが、まだ少し寒い。

ちょっと古そうなエアコンが、かすかに稼動音を立てている。

唇がまた唇に戻ってくる。唇で唇を軽くこじ開けようとする。舌の先がわずかにわたしの歯に触れる。

それでも動じずにいると、小さく「ごめん」とささやかれ、首を振る。

わたしの全身を旅した指先が胸に帰ってきて、先程より強く揉みしだく。思わず吐息が漏れる。

多田さんのあられもない声がまたフラッシュバックする。

自分もこれからあんな声を出すのだろうか。そんな冷静な気持ちが官能の邪魔をする。

「紗子」

耳に息を吹きこむように、久米がわたしの名を呼んだ。

「好き」

「……うん」

「まじだから」

「……うん」

「すげえきれい。あのときは、裸までは見なかったからさ」

「……うん」

思考が麻痺《まひ》している。

なるようになれ。わたしには、カンフル剤のようなものが必要なのだ。

やけくそのような、諦念のような、子どもじみた衝動だけが胸にある。

久米はわたしを軽く抱き起こすと、遠慮がちに背中に手を回した。

ブラのホックを外そうとする指先が震えているのがあまりにもよくわかって、自分は逆に冷静になってしまう。

わたしにまたがったまま久米も自分の部屋着を脱ぎ、ベッドの脇に放る。暗がりの中で、それは身重《みおも》の猫が佇《たたず》んでいるように見える。

「紗子」

久米はわたしにやさしくのしかかる。彼の膝の下で、パイプベッドのスプリングがぎしりと鳴った。

抱きしめられて、脚の間に久米の硬く屹立《きつりつ》したものが触れる。

これでいいんだ、とまた自分に言い聞かせるように思う。

久米の部屋も、久米の寝床も、久米自身も、嫌じゃない。

わたしの不安定はきっと、孤独がもたらしたものなんだ。だから、わたしを受け入れてくれるこの温《ぬく》もりを手に入れなければ。

遠くで救急車のサイレンが聞こえる。

それが自分への警告のようにも思われて、即座に否定する。

久米の指が下着の間から遠慮がちに入ってくる。

わたしの濡れ具合を確かめるようにさまよう。目を閉じて、身の奥に眠る官能を呼び起こそうとした。

「いいんだよね」

その指先からどんな結論を得たのかわからないままに、わたしはうなずいた。

久米は少し前かがみの姿勢のまま身体の向きを変え、ベッドの下を漁った。探りあてた銀色の箱が、闇の中で光る。

彼はわたしに背を向けたまま、外箱のセロファンを剝がす。ぴりぴりとかすかな音がする。

コンビニで琴引さんに見られたあの避妊具だ。

瞬間、あのときの琴引さんの無表情が蘇り、わたしの胸にほとんど物理的な痛みを与える。

あんなことがあったのに、バイクに乗せて会社に送ってくれた琴引さん。

劇場のロビーで、目尻に涙を溜めて笑っていた琴引さん。

ベランダ越しに本を渡してくれた琴引さん。

今頃、こんなふうにあの子を抱いているのかもしれない。あの子、琴引さんのこと好きそうだったな。

どうして今、彼の部屋にいるのはわたしじゃないんだろう。着実に距離を詰めた気がしていたのに。チョコだって作ったのに――。

悲しみを詰めた壜《びん》の口をふさいでいたコルクが抜けてしまったかのように、再び両目の奥に涙の気配がどっと押し寄せた。

「……うっ」

嗚咽《おえつ》を漏らすと、装着作業をしていた久米がびくりと振り返った。

「うっ、うう……」

「泣くなって」

「うう……」

琴引さん。琴引さん。琴引さん。

「……さすがにそこまで泣かれたら、できねえじゃん」

再びわたしにのしかかろうとしていた久米は、上半身を起こして天井を仰いだ。

身も世もなく泣きながら、気づけば眠りに落ちていた。

久米に背中からしっかりと抱きしめられていることだけは、夢の中でもわかった。


目覚めたら、声が出なかった。

雨に濡れた上に、あんなに泣いて、さらに半裸で眠ってしまったのだから、さもありなんとしか言いようがない。

「おい、手ぇ熱いぞ」

久米はナチュラルにわたしの手を握り、額にも手をあてた。

昨夜の一部始終が蘇る。わたしの敏感な部分に触れた指。

「熱っ」

「そんなに？」

と返したつもりが、喉がひゅう、とかすかに鳴っただけだった。

ベッドの上にぼーっと座ったまま、体温計を借りて検温した。37・9℃。

「今日は会社行けねえな。その声だったら一発で伝わるだろ」

久米の声にはどこかうきうきした調子があった。

「まあ、声を使う仕事だから……」

「無理して喋んな」

久米はわたしの首を抱き、唇を重ねてきた。

ちょっと、あんなことになったからってキスし放題とかじゃないんだから。

抵抗したいけれど、身体に力が入らない。身動きすると、全身の関節が鈍く痛んだ。

「じゃあさ、おまえさ、今日は休んでここにいなよ。ってかどうせ明日明後日土日だし、そのままいればいいよ」

「でも、うつるよ」

「うつる？　風邪くらい俺にうつせよ。それともインフルエンザっぽい感じする？」

「予防接種……」

「なに？」

喉がひゅうひゅう鳴るだけのわたしの口元に、久米は耳を近づけた。

「予防接種、打ってるから」

「予防接種ね。打ってもかかるひとはかかるし、型が違うやつかもしれないけど。病院行くなら付き合うぜ」

「いや、久米は仕事に行って」

「でもおまえのこと置いていけねえよ」

「まだ入社して……」

「え？」

「入社して半月でしょ、休まなくていいよ」

「わかったわかった、無理に喋んなって」


久米は琴引さんと違って、朝食は御飯派だった。

昨夜わたしが来たときには、既に炊飯予約をセットしていたらしい。このひともまた、きちんと自活している。

わたしが欠勤連絡のメールをしたためている間にいそいそと味噌汁を作り卵を焼く久米の背中を見ていると、少しだけ心が揺れた。

なんで、このひとじゃだめなんだろう。

――いや、だめじゃないのか？　やけくそとはいえ身を任せてもいいと思えるくらいなのだから、もしかしてそれなりに好き？

体調不良の心細さゆえか、わずかに気持ちがブレる。何かにすがりたくなる。自分がわからない。

「食欲、ないわけじゃないべ？」

「うん」

「だったら、け」

け、とは秋田弁で「食え」の意味である。だからわたしも「食べる」の意味で、く、と応じた。

すっぴんに久米の部屋着という姿で、わたしは座卓の前に腰を下ろした。

職場から近い場所に住む久米は、出社ぎりぎりまで世話を焼いてくれた。

アイスノンをタオルでくるんで簡易氷枕《こおりまくら》を作り、最寄りのコンビニに走っていろいろ買いこんできた。

わたしがリクエストした梅のど飴《あめ》のほか、栄養剤にスポーツドリンクにビタミンCのサプリメント、中華風雑穀粥《ざっこくがゆ》に惣菜《そうざい》パンに肉巻きおにぎりに生野菜スティック。

「わ、こんなに……ありがとう」

喉の痛みでとても食べきれそうにないし、微妙に食べ合わせが悪そうだな。そう思いつつ、お礼を言った。

「お金、払……」

「いいから。他に必要なものあったら言って、帰りに買ってくるから。なんなら着替えとかも、任せてくれれば」

「大丈夫。外に出れたら自分で行くから」

と答えつつも、みるみる熱の上がってゆく実感があった。既にまったく起き上がれる気がしない。

「病院行ったほうがいいとは思うけど、動けなかったら無理すんなよ。最悪、俺が明日連れてってやるから」

久米はそう言って横になったままのわたしにまたキスをすると、ちゃっかり胸まで揉んで、照れ隠しのようにばたばたと部屋を出ていった。

なんだか悔しいけれど、今は久米の厚意に甘えるしかなさそうだ。

わたしは化繊《かせん》の布団を顎まで引き上げて目を閉じた。


『お休みの件、了解です。

病欠珍しいね！

もしインフルだった場合のみご連絡ください。

土日かけて養生してね。

お大事に』

外口さんからの返信を読んだのは、昼近くまで深く眠りこんだあとだった。

ビタミンCを飲んで寝たせいか、喉の腫れも関節痛もそこまで悪化していない。でも熱は38・3℃に上がっていて、全身に鉛のような倦怠感《けんたいかん》があった。

さっさと病院へ行って抗生物質でも処方してもらったほうがいいのだろう。でも、外へ出るのは億劫だった。とにかくだるい。ひたすらだるい。

所沢の病院で診察券を作ってもらったところで、今後使わないしな。初診料がもったいないしな。病院に行けるくらいなら、清瀬に帰れちゃうしな。

頭の中であれこれいいわけを作って、わたしはこの妙に居心地のいい久米の1DKから出ないことを決めた。

ビタミンを摂って寝ていれば、遅くとも日曜には回復するだろう。

下着もトラベル用の化粧品も多めに突っこんできたし、たりなきゃ買えばいいだけだし。

このまま、ここに。

もう少し。

寝ていただけなのに空腹を感じ、わたしはむっくりと起き上がった。

トイレを借りると、起き抜けに入ったときにはなかった便座カバーがかけてあって驚かされた。

久米のやつ、気を利かせすぎなんだよ。

ひとりぶつぶつ言いながら冷蔵庫を開けると、昨夜久米に渡したフォンダンショコラがラッピングされたまま冷えていた。

「好きなひとにあげようとしたチョコを自分で食べたら、結局失恋するんだって」――小六の頃、クラスの女子の間でまことしやかに流れた噂《うわさ》を思い出す。

当時はちょうどあの「保健だより」をきっかけに潔癖症に目覚めた頃で、世界が菌とウイルスだらけに見えて、男子に恋するどころではなかった。

あれから十五年も経って思い出して気にするなんて、ばかみたい。

わたしは膝の上でラッピングを解き、自分のためにひとつ取り出した。


他人の家で観るテレビ番組は、なんだか新鮮に感じる。

昼のニュースを観ながら、レンジで温めた中華風粥をぼそぼそと食べ、スポーツドリンクを飲んだ。

お茶も買ってきてもらえばよかったと思い、朝食時に出してくれたお茶のことを思い出してキッチンへ行くと、テトラパックに入った緑茶が徳用サイズの箱に入って流しの上の棚に置かれていた。

小さなやかんでお湯を沸かし、水切りかごに伏せてあったマグを借りてお茶を淹れる。

座卓の前に戻って、フォンダンショコラにスプーンを突きたてた。

バターの風味が悲しいくらい豊かに口に広がり、これを作っていたときの高揚を思い出して胸がいっぱいになったけれど、もう涙は出なかった。

「一日二粒目安」のビタミンCの二粒めをもう飲んで、再びベッドに倒れこみ、うだうだしながらスマートフォンを開いた。

写真投稿サイトをチェックすると、ひとりで泊まったホテルで撮った夜景の写真に「いいね」が増え、新規のコメントもつけられていた。

「すっごく素敵です！　これ、東京都心ですよね。暗いのにブレもなくてすごいです。ちなみにインスタはやってないんですか??」

お礼の文章を打ちこもうとしていると、あのポストロックアイドルのことが脳裏をよぎった。そうだ。たしかあの子、インスタ女王と呼ばれていたっけ。

返信の入力を中断し、わたしはweb検索画面を出した。

あのユニット名――そうだ、「嘘つきマドレーヌ」。

検索ボタンを押すと、Wikipediaと公式サイトのすぐ下にコトブキタイジのライブレポートが出てきてどきりとした。

よせばいいのにわたしはその記事を開き、一度読んだことのある文章を再読してしまう。

『山頂に飛び跳ねる四匹の子鹿か、それとも深海を泳ぐ人魚か――。

初めて観た嘘つきマドレーヌのライブは、そんな幻覚にも近い感動を僕に与えた。

嘘つきマドレーヌ（以下「嘘マド」）は、激しいロックが売りのグループも珍しくなくなった現在のアイドルシーンの中でも異彩を放つ四人組ユニットだ。

ネリ、ユリヤ、アイカ、エナ。ネリの不思議な声質とユリヤのどこまでも伸びるファルセット、それにアイカとエナが完璧に美しいコーラスを添え、見事に調和したハーモニーが生み出される。

生バンド（！）を従えて歌いながらフォーメーションダンスをこなすのだから、ちょっと衝撃的だ。

縦横無尽にステージを駆け回りながら息も切らさず、バンドサウンドの音圧に負けない歌声を響かせて踊る少女たちの姿を目の当たりにして、胸を熱くしない者はいないのではなかろうか』

ここで一枚、写真が挟まっている。

スポットライトを浴びて、天に向けて腕を突き上げる少女、そこから声を取り出すように胸に手をあてて歌う少女。

ツインテールの髪を揺らして客席に手を伸ばしているのが、ユリヤだ。

そう、この子だ。

高学歴がかわれてブックレビューの番組にソロで出演することになったというニュースが、Ｔｗｉｔｔｅｒを小さく騒がせたことがあった。

『嘘マドのサウンドや音楽性は、グランジやシューゲイザーといったオルタナティヴ・ロックが土台になっている。

アグレッシブでありながら人間的な情緒のあるロックと、カラフルな衣装を揺らして歌い踊るメンバーたちは、一見相反するように見えて高い親和性があるのだ。

耽美《たんび》と退廃、神秘性と人間性。矛盾するかに思えるテーマが練り合わされ、唯一無二の世界感が生まれるステージ。

バウンドサウンドに埋もれることなく突き抜けてくるストレートな歌声に、彼女たちが見出されこのステージに集められたことの奇跡を思わずにいられない』

――だめだ。もう読めない。

初読のときはさして意味を持たなかった言葉たちが今、がりがりと胸を引っかく。

とてもじゃないけど、アイドルになんて敵《かな》わない。

わたしはスマホの画面をＯＦＦにし、再び起き出すと、冷蔵庫からフォンダンショコラの残りを取り出した。

がつがつと甘みを頬張りながら、アパートたまゆらには戻れないと思った。

今日も明日も、帰らない。

結局、本当に久米の部屋に連泊することになった。

土曜の朝には熱も下がり、代わりに咳《せき》と鼻水が出てきたけれど、それも日曜にはだいぶおさまってきた。

久米はかいがいしく世話を焼き続け、わたしの体調がよくなってくると、テレビで動画サイトの映画を観る環境まで整えてくれた。

昼間から一緒にひとつのブランケットにくるまって、久米の淹れてくれたココアを飲みながら、フランス映画と邦画を一本ずつ観た。

「このままここに住んじゃえば？」

エンドロールを観ていると、久米がテレビ画面から視線を動かさずにぼそりと言った。映画の感想を漏らしたのかと思い、少し遅れて言葉の意味に気がついた。

「え……ああ」

案外楽しいかもな、それも。

一瞬イメージして曖昧な返事をし、でもすぐに自分の住み慣れた部屋を恋しく思った。

そして、その部屋の隣の住人のことも。

「——だめだ」

わたしは膝に顔をつけた。

「えっ」

「重症みたい」

「え、体調？」

「ううん、恋が」

久米はぽかんとした顔をして、それから小さく「なんだよ」とぼやいた。

「明日は帰るね。ほんとにお世話になりました」

今更ながら、これ以上期待を持たせちゃいけないと思った。

「ごめんね、宿代とか言ってチョコもほとんど自分で食べちゃったし」

「ほんとだよ」

耐熱ガラスの容器に入れて作った四つのフォンダンショコラのうち、わたしは自分で三つも食べてしまったのだ。

「ひでえよ、もっと食べたかったのに。あーめっちゃうまかったな。濃厚で……」

また作るから、と言いかけて、無責任な口約束は慎もうと言葉を飲んだ。

「ごめん。やけくそになってたの」

「いいよ、お代はカラダで」

久米はわたしに手を伸ばした。そのままベッドの上に押し倒す。

わたしはくすくす笑って身をよじって逃げた。

その夜、久米は再びわたしに挑んできた。

お世話になったぶんを精いっぱい返そうと思ったけれど、わたしの身体がまったくだめだった。

「――ごめん、セックスってどうやってするんだっけ」

久米ではなくブランクのせいにして笑ってみたけれど、彼にも見透かされていたと思う。感謝や友情だけでセックスはできない。

「ばか正直な身体」

久米はそう言って深い溜息をつくと、バスルームへ行ってしまった。

ぼんやりと衣類を身につけていると、枕元のスマートフォンが振動した。

LINEの通知――「コトブキじゃないよ」さんからのメッセージ。

ふらふらと手に取り、なにも考えずに既読をつけてしまった。

『こんばんは！　夜分にすみません。

さっき上の佐藤さんから青森林檎をたくさんいただいたのですが、本当は木南さんにも持って行きたかったみたいです。もしかして留守にされてますか？』

『こんばんは。お知らせいただきありがとうございます。はい、ちょっと留守にしています』

『そうなんですね。週末なのでまた食事でもと思ったんですが、明日って帰って来られますか？』

リアルタイムでチャットが続く。

駆け引きするつもりはないけれど、わたしはしばし文言を考えた。

『わたしよりアイドルと行かれたほうが、レビューも華やかになると思います』

わ、送った。送ってしまった、こんな嫉妬むきだしの文章。

すぐに「既読」の二文字が現れた。

久米がシャワーを浴びる音を聞きながら琴引さんの反応を待っていると、画面が暗転し、振動が始まった。

〝着信　琴引泰而《たいじ》〟

どうして？　どうして電話を。淡い期待が胸を圧する。

肩で深呼吸をし、ええい、と通話ボタンを押した。

ずっと続いているやけくそモードが、わたしを強気にさせていた。

「――もしもし」

「あ、えっと琴引です」

電話越しの琴引さんの声は、生で聞くより少し低くてざらっとしている。

久米にあんなにあれこれされても入らなかった身体のスイッチが入りそうになる。

「こんばんは」

「こんばんは。あの、今どちらにいらっしゃるんですか？」

「友達のところです」

「……もしかして、あの彼のところですか」

心臓が小さく跳ねる。

どうして、と言いかけて唇を噛んだ。落ち着け、わたし。

「そうです」

通話口の向こうは静まり返った。

「なんで……って、俺が言うことじゃないけど」

「十四日の夜に行き場がなくなって——ほらあの、美冬とも喧嘩してるし。それでここに駆けこんだらそのまま風邪をひいて、帰れなくなりました」

琴引さんはまた黙りこんだ。

この沈黙が意味するものについて、わたしは無為に思いを馳せた。

「——風邪なんですか」

「もうだいぶよくなりました」

「行き場がなくなって、ってなんでですか」

「え、だって……」

隠せない言葉の湿《しめ》り。ああ、今なんて個人的な会話をしているのだろう。

「だって、琴引さんが女性をお部屋に入れてたじゃないですか。知ってますか、アパートたまゆらって意外に壁薄いんですよ。わたし耐えられな——」

「誤解です」

琴引さんが苛立ちを露わにする声を、初めて聞いた。

なんだか既視感のあるシーンだな。わたしはひどく冷静に思った。

自我がふわりと遊離して、今こうして久米のベッドに横たわる自分をじっと眺めている、そんな気分になった。

そして思い出す。美冬と児玉がバスルームではしゃぐ声を琴引さんに誤解され、「違います」と叫んだときのこと。

「あの子……『嘘つきマドレーヌ』のユリヤなんだけど」

琴引さんは言葉を継ぐ。知ってます、とわたしは心の中で答える。

「俺が先にタクシー降りておしまいのはずだったんだけど、あの子がだいぶ酔っ払ってて。そもそも秋津《あきつ》に住んでるっていうから相乗りしたんだけど、どうしても一緒に降りるって聞かなくて」

これはいいわけなのだろうか。だとしたら、何のための。

「どうしても車内に戻ってくれなくて。タクシー行っちゃうし」

「窓から見えました」

まだ少し痛む喉から、かすれた声が出た。

「そっか、うん……ただタクシー代がユリヤの事務所の経費から出てたってのもあるし、なんかすごい高価なチョコもらっちゃって、無下《むげ》に断れなくて」

高価なチョコかあ。わたしは琴引さんに聞こえないように小さな溜息をついた。

煩悩と一緒にラッピングしたあのフォンダンショコラは、比べられたらひどくみすぼらしく見えたに違いない。渡さなくてよかった。

「雨もひどくなって、アイドルに風邪ひかせちゃまずいからとりいそぎ部屋には入れたけど、彼女にお風呂を貸してその隙に俺は漫画喫茶に移動しました」

「えっ」

声が上ずり、思わずベッドに身を起こした。

「駅前にあるじゃないすか、満喫」

「え、ええ……」

いつのまにかシャワー音はやんでいて、脱衣所からかすかな物音がする。

お願い久米、今は来ないで。

今、とてもデリケートな話になってるから。

琴引さんの心の声が、聞こえそうな気がするから――。

「個室ブースでコミック一気読みして寝て、次の朝直《ちょく》に出勤しました、電車で」

「……」

「誓ってなにもないんで。変なふうに思わないでください」

「……」

「ところでそちらはどこなんですか、所沢ですか」

「えっ、なん、えっ」

耳から入る情報を処理しきれずに、頭がくらくらしてくる。

「なんで知っ……」

「俺のことフォローしてる『粂粂ＣＬＵＢ』さんかと思ったけど。違った？」

もしかしたらこのひとは、予想の斜め上からわたしに関心を持ってくれているのかもしれない。期待に胸が苦しくなる。

「――そうです、所沢です」

「そっか。……手遅れかもしれないけど、俺」

もはや心臓が口から飛び出しそうだ。端末をかたく握りしめる。

「手遅れじゃないです、全然」

かすれた声で、それだけ言った。

絡まった糸がほどけるように笑う気配が伝わってきた。

「迎えに行っていいっすか？　今から」

琴引さんは言った。甘い弾丸に頭を撃ち抜かれた気がした。

「え……っと、もう西武線動いてないですよ」

こんなときにこんなつまらない返事しかできない自分が呪わしい。

脱衣所から出てきた久米が、冷蔵庫の扉を開きながらこちらを窺っている。

「や、バイクで」

「でも、ヘルメットが」

ああもう、ああもう。

「原付用のボロいやつだけど、たしか探せばある。それを俺がかぶるから、木南さんは俺のフルフェイスを使えばいい。ちゃんと除菌して持っていくから。……いや、でも病み上がりか……夜風にあたるのは……」

琴引さんはひとり逡巡《しゅんじゅん》するようにぶつぶつ言うと、

「じゃあ明日、少し陽が高くなった頃にバイクで行くんで、そちらの場所教えてください」

と淡々と告げた。

三日ぶりにまともに浴びる陽光がまぶしい。

琴引さんのバイクの後部座席にまたがるわたしを、見送りに出てきた久米はポケットに手を突っこんで見ていた。

「……いいの乗ってますね」

久米が感情の読み取れない声で言った。

「どうも」

琴引さんも無機質な声で返事をした。

「でも、昨夜のうちにタクシーで来れば早かったんじゃないですか？」

わたしはひやりとして、ヘルメット越しに久米の顔を見た。

あのとき――琴引さんが久米に「うち泊めましょうか？」と言ったあのとき、本当に泊まることになっていたなら今、あらゆる意味でこんな事態にはなっていないだろうな。そんな不毛なことを思う。

「だって、自分の足で連れ戻したいじゃないですか」

はたして、琴引さんはさらりとそう返した。

身体中の血管が膨張したような気がした。

どるん。どるん。どるん。どるん。

会話を打ち切るように琴引さんはエンジンをかけた。

職場まで送ってもらった朝のように、わたしはそっと大好きなひとのお腹に腕を回す。

斜め後方に立つ久米の視線をちりちりと感じる。

ごめんね。「嫌いじゃない」と「好き」の違いを雑に扱ってしまって。

申し訳なさが胸にあふれる。けれどこの場で謝るほうが都合がいい人間な気がして、わたしはぎゅっと唇を引き結んだ。

「忘れ物、ないよね」

琴引さんが振り返ってたずねる。

「あ、チョコの器！」

久米が叫んだ。琴引さんの肩がぴくりと動くのがわかった。

「いいの、あれはあげるから」

わたしは落ち着き払って言った。

久米がなにを言っても——たとえわたしたちの昔の関係を暴露したとしても——平静を保つ心積もりでいた。

「えっ、でも」

「ほんとにありがとう、お世話になりました」

「……紗子」

今にも発車しようとするバイクに、久米はさらに呼びかけてきた。

「また駆けこみ寺にしてもらっていいから。うちはいつでも」

「そういうの、もういいんで」

わたしの代わりに、琴引さんが怒鳴るように返事をした。

一瞬の浮遊感に続いて、バイクは走りだした。


アパートたまゆらの駐車場にバイクを停めた琴引さんは、わたしを横で待たせたますごい勢いで銀色のカバーをかけ、紐で巻きつけた。

終わったのかな、と思った瞬間、琴引さんはわたしの持っていたヘルメットをふたつとも奪い取り、早足でエントランスへ向かった。わたしも慌てて後に続く。

だん、だん、だん、だん。

琴引さんは靴を踏み鳴らして階段を上ってゆく。

どうしていいかわからないままその背中を追った。

二階の廊下まで上りきったとき、琴引さんは突然振り返って勢いよくわたしを抱きしめた。

頭が真っ白になった。

琴引さんの腕から落ちたヘルメットが弾みをつけて廊下の床に転がる音が反響するのを、呆《ぼう》然《ぜん》と聞いていた。

胸と胸が合わさり、背中と二の腕にはコート越しに痛いほど指先が食いこみ、顔面は琴引さんの肩あたりにめりこんでいる。

彼の息遣いを耳元に感じて、ヘルツの違う電流が流れこんだような衝撃を覚え、わたしは、わたしは――

「ぶんばぼん！　ぶんばぼん！」

頭上からひとの声と足音がして、わたしたちはばっと身を離した。

「ぶんばぼっぼっぼ、ぶんばぼん！」

聞いたことのあるようなないような歌を歌いながら三階から階段を下りてくるのは、佐藤さんとマナトくんだった。

ほとんど身体の触れ合ったままのわたしたちを目にした佐藤さんは、歩みを止めてこちらを見た。

通路に転がっているヘルメットに視線をやり、またわたしたちを交互に見る。

凍りついたように動けないまま、十秒にも一時間にも思える時間が過ぎた。

佐藤さんはゆっくりとまばたきをして、マナトくんの手を握り直し、無言のままわたしたちの横をすり抜けて階段を下りていった。

琴引さんはぎこちなくヘルメットを拾った。わたしもひとつを拾い上げて手渡す。

繊細な想いの張りつめた雰囲気は霧散してしまっていた。

二〇一号室の前まで進み、扉に手をかけた琴引さんは、わたしを見た。

「木南さん」

「はい」

再び心臓が小さく跳ねた。

「もう、あの彼と会わないようにできませんか」

黒目がちな大きな目が、まっすぐにわたしをとらえていた。

「——できます」

「じゃあ、そうしてください。まずは風邪治して」

琴引さんは早口でそれだけ言うと、扉の中に消えていった。

第六章　重なる

「申し訳ございません、そちらの商品は二〇一七年に生産終了しておりまして……ええ……あの、ただですね、昨年末に後継品にあたる商品が出ておりますので、ご案内させていただいてもよろしいでしょうか……ありがとうございます。機能としてはXC2900Hとほぼ同じでございまして……」

十五年も前からこの会社の浄水器を愛用しているという年配の女性に新商品の説明をしながら、頭の片隅でこっそり反芻してしまう。

琴引《ことびき》さんの言葉を。かすかに触れ合った頰の熱さを。わたしを抱きしめる力の強さを。

「ええ……あっはい、あっ、定期のお申し込みですね。はい可能ですもちろん、ありがとうございます」

うっかり顧客の言葉を取りこぼしそうになった。

だめだ、完全に色惚《いろぼ》けしている。

まずは風邪治して。あのとき、琴引さんはそう言った。

あの時点で既にほぼ治っていたのだけれど、だからといって「治りました!」と報告するのは、まるで何か愛の言葉をせっつくようでためらわれた。

少し様子見をしていたところ、浜松に住む琴引さんのお祖父《じい》さんの訃報が入ったそうで、彼は服喪《ふくも》休暇を取って新幹線に飛び乗ってしまった。

わたしはその報《しら》せを、会社の昼休憩時にLINEで受け取った。

いろいろな意味で、胸が痛くなった。

『お知らせくださりありがとうございます。お祖父様、残念でしたね。琴引さんもお力落としのないように……』

『ありがとう。でも、もう歳だったからそこまでダメージないっすよ(^^) 週末には帰ります。お土産買ってくるね』

帰ります。その言葉に、不謹慎ながら胸が高鳴った。

『大変なときに気を遣わなくて大丈夫なので、ゆっくりしてきてくださいね！』

『俺が買ってきたいので。あと、帰ったら言うことがあります』

わたしは箸を取り落としそうになった。

『じゃあ、待っています』

震える指でそう返信するのがやっとだった。

『どこにも行かないで待っていてください』

もはや、ときめきが致死量だ。

週末まで無事に生きられるのだろうか。

その午後、久保田《くぼた》さんがまたおやつを持ってきてくれた。例の輸入食材店のチーズケーキだった。

クリスマス前の、あのおかしな集まりを思い出してしまう。疎遠になってしまった親友はどうしているだろう。

「その辺で売ってるもんでごめん」

「そんなことないですよ、超好きですもんこれ」

勢いこんで言うと、木南《きなみ》さんテンション高いねと笑われて複雑な気持ちになった。

わたしが切り分けたチーズケーキを四人で食べた。入電がないよう祈りながら、濃厚なケーキにフォークを突き立てる。

「今日は門《もん》さんお休みなのかあ」

「うん、就活でね」

「え、門さん辞めちゃうの!?」

外口《そとぐち》さんの言葉に、久保田さんは大きな体躯をのけぞらせて驚いた。

「契約更新しないってだけだけどね」

「いやあ……正社員目指すのかと思ってた」

「ほんと」

「腕にタトゥー入ってるような上司が嫌になったんじゃない？」

「あり得る」

「おいこら」

盛り上がっている最中にふと、押山《おしやま》くんがやけにおとなしいことに気がついた。表情がほとんど動いていない。

こういうことにすぐ気がついてしまうところが、自分の強みでもあり弱みでもあると思った。久保田さんが営業部に戻ったあと、押山くんは机に顔を伏せてしまった。

「え、どした⁉　調子悪い⁉」

「チーズケーキでお腹痛くなった⁉」

「……違う」

押山くんは首を絞められた鶏のような声を出した。

「俺、門さんのこと好きかもしれません」

わたしは息を飲んだ。

「かもしれません、って」

と外口さんが笑った。


翌日は、朝からぴりりとした緊張がオフィスを――正確にはわたしと外口さんを――包んでいた。

わたしたちに門さんへの恋心を打ち明けた押山くんはいつもと別段変わりなくふるまってい

て、わたしはその情報をどう取り扱ったものか戸惑った。

そんなことがあったなどとはつゆ知らず、門さんは淡々と業務をこなしている。

押山くんに「可能性」があるのかどうかだけでも知りたいと思う。同僚として、同じ恋する者として。

でも、「普通のひとは同僚や隣人に恋したりしない」と言ったのは他ならぬ門さんなのだ。ヘッドセットを装着して顧客対応をしながら、わたしは気もそぞろだった。


ここ東京から見えるよりずっと大きな富士山。喪服姿のまま従兄弟《いとこ》たちと顔を寄せ合っているところ。みかん畑の遠景。

「木南さんみたいに上手くは撮れないけど」と琴引さんが前置きして送ってきてくれる写真を、わたしは次々にローカルに保存した。仕事から帰ったいつもの部屋が、ひとりではないように感じられる。

『田舎なもんで火葬までいろいろあって、告別式は土曜です。それが終わったら飛んで帰りたいんだけど、日曜の午前に形見分けすることになっちゃいました……週末デートしたかったのに』

『デ、デート(//.//)』

『はい、紗子ちゃんと』

紗子ちゃん……！

突然の名前呼びに、思考がショートした。

LINEのやりとりが一段落すると、コトブキタイジのTwitterをチェックした。

レビューはキレッキレなのに、つぶやきは相変わらず素朴な短文だ。写真付きの「うなぎなう（回文）」に和む。静岡の浜名湖と言えば鰻《うなぎ》で有名だ。

花の奥の甘い蜜を探すように最新のつぶやきをチェックすると、今度は「嘘つきマドレーヌ」のユリヤのアカウントに移った。

琴引さんのことを好きなのかもしれないアイドル。高級そうなチョコとやらは、琴引さんが食べたのだろうか。それを思うと胸がちくりと痛んだ。

ユリヤのタイムラインには、ライブの宣伝やテレビ収録の裏話、他のメンバーとのショットがずらりと並んでいる。

プライベートについて書くのは周到に避けているのか、事務所の方針なのか、多忙すぎて余裕がないのか。得るものがないことを知ってわたしはようやく安心し、液晶の電源をOFFにする。

こんなふうに好きなひとの界隈《かいわい》の情報を集めてしまうのは、もしかして自分にストーカー気質があるからだろうか。少し悩んだ。

いや、きっと違う。

これまでの恋愛がおしなべて空疎なものだっただけなのだ。

例のタトゥー消しの予約時間がどうしてもぎりぎりになってしまったとのことで外口さんが定時前に退社した木曜日、ひとりオフィスに残ってログの整理をしていると、帰ったはずの門さんがゆらりと現れた。

完全に気を抜いて琴引さんのハグを反芻していたわたしは、思わず「わっ」と声を出してしまった。

マフラーに顎まで埋めた門さんが、突っ立ったまま無言でこちらを見ている。

原色の赤に近い夕焼けがブラインドから入りこみ、門さんをまぶしく照らしだす。その姿は神々しくも禍々《まがまが》しくも見えて、わたしは無意味にどきどきした。

「え、どしたの」

さりげなさを装ってたずねる。やけに硬い表情で押し黙っていた門さんの顔が、わずかに動いた。

「木南さん」

「は、はい」

「ずっと、言おうか迷ってたんですけど」

「うん」

「ばかにされそうで、言えなかったんですけど」

え？　なにこれ。もしや、まさかの……。

「私、好きなのかもしれないひとがいて」

「……うん」

　ごくりと生唾を飲みくだす音が、彼女に聞こえたかもしれない。

「ばかにしないで、聞いてもらえますか」

「う、うん」

「押山くんなんですけど」

　わたしは椅子からずり落ちそうになった。

「どうしよう私嫌われるような態度ばっかりとってきて今更だって押山くんって絶対木南さんのこと好きだしつらいだけだから辞めることにしたけどやっぱり最後に気持ち言ったほうがいいですかねでも押山くんきれいめＯＬ系の女性が好きだって言ってたし私は私であんなチャラそうなの最初は興味なかったけどだけどだんだん」

　急にエンジンがかかったみたいに、門さんは頬を紅潮させて早口でまくしたてる。

　彼女のこんな長台詞を初めて聞いた。

「ちょっ、ちょっと待って、ちょっと」

　わたしは手をばたばたさせて、外郎売《ういろううり》のような早口をなんとか止めた。

　まったくどこから突っこんだらいいのだろう。

「え、あの、ちょっと、情報を整理させて」

「はい」

「あのさ、押山くん、わたしのことなんて好きじゃないよ？」

「なんで断言できるんですか」

これ以上はわたしの口からは言えない。なんなら押山くんに電話してこの場に呼びつけたいくらいだ。

「それに私、前に言われたんです。成人女性だったらやっぱりちゃんと化粧して、流行りを押さえたファッションをしたほうがいいって」

「押山くんが？　門さんに？」

「はい」

「うーん」

それはあまのじゃくというものではないだろうか。

ひとは望むものが手に入らないと自分を納得させる理由を見出したがるものだ、と思う。押山くんは門さんの気持ちが自分にないと思いこんで、心にもない言葉を発することで傷つくのを回避したのではないだろうか。わたしは勝手にそんな仮説を立てた。

「――むかつくから、最後くらい私の本気を見せてやろうと思って」

門さんが急にきりっと顔を上げたので、もこもこのマフラーに埋まっていた形のいい顎が現れた。

「は？」

「来週から私、メイクしてきますから。もし変でも笑わないでくださいね。それを言おうと思って戻ってきたんです」

「なるほど」

その透明感のある肌にメイクを施した門さんを、退職前にぜひ見てみたいと思った。

「じゃあ、お疲れさまです」

言うだけ言って身を翻す門さんをぼんやり見送りかけて、わたしははっとして呼びとめた。

「や、あの、ちょっと待って」

「はい」

「メイク道具って、一式持ってるの……？」

「全然。これから買います」

「そうなんだ……あの、予算ってどのくらいか訊いていい？」

「え、五千円もあれば余裕ですよね」

「う――――ん」

わたしは思わず低く唸《うな》った。なんだか嫌な予感がする。

「え、だめですか？」

「だめでは……ないけど……あのさ、念のためなんだけど、慣れないメイクしてるひとって結構目立っちゃうものだからさ……ピエロみたいにまん丸にチーク入れたり、顔が首から浮いて見えちゃうくらい白いファンデ塗っちゃったりしないよね？」

おそるおそる言うと、門さんが真っ赤な夕日に照らされながらも青ざめるのがはっきりとわかった。

「大丈夫……だよね?」

門さんは泣きだしそうな顔をした。

「大丈夫じゃない。全然わからない」


ああ、やってしまった。

友達が百貨店のコスメカウンターで働いているから、明日の帰りに一緒に行こうと誘ってしまった。

美冬とは連絡を絶ったままだし、明日のシフトさえもちろん知らないというのに。

——まあいいや。

行ってみて、もし美冬がいなかったらいなかったでいい。関係修復には時期尚早という神の思《おぼ》し召《め》しととらえて、他のブランドへ行けばいいだけだし。必ずしも知り合いのBAである必要はないのだし。

でもなあ。ファーストメイクを見守りたいんだよなあ。お節介かなあ。

うだうだと考えながら夕食の後片付けをしていると、ダイニングテーブルに置いたスマートフォンが振動を始めた。

琴引さんだろうか。慌てて泡だらけの手をゆすぎ、タオルで拭いて端末に飛びつく。

どきりとして目をみはった。

画面に表示されているのは、親友の名前だった。

こんな、はかったようなタイミングで。

BGMのプレイリストを一時停止し、気持ちの整わないままこわごわと通話ボタンを押す。

「もしもし」

心臓がおかしいくらいどきどきしていた。

「……紗子《さこ》」

既に懐かしい美冬《みふゆ》の声。続いて、ぐすんと洟をすする音がした。

「どした?」

明らかに泣いている彼女にかける言葉は、思いのほかやさしげに響いた。それだけで、わたしは怒ってなどいないことを充分に示せたと思う。

「紗子ぉ」

ぐすん。ぐすん。ずずーっ。洟をかむ音も聞こえた。

「どうしたの」

「ゆりくんが……」

憔悴《しょうすい》しきったような声で美冬は言った。

「ゆ……児玉《こだま》さんが?」

「あたし以外からも、お金借りてた」

「えっ」

「しかも、女から」

ずずーっ。

美冬はまた洟をかむと、さめざめと泣き始めた。

「待って待って、美冬」

今日、「待って」ばっかり言ってるな。そんなことを思いながら、電話の向こうで泣きじゃくる親友の名を呼んだ。

「落ち着いて、ちゃんと洟かんで」

昔から、ひとが洟をすすっていると気になって気になって仕方のないわたしだ。

「うん」

ずびーっ。美冬は素直に洟をかんだ。

「あの、お金、貸してたの……？　児玉さんに」

おそるおそる確認する。聞き間違いであってほしかった。

「ああ、うん、言ってなかったよねごめん」

美冬はバツの悪そうな声で言った。

「生活費渡してるのよ、毎月」

「そ……そうなんだ」

目の前が暗くなる。気持ちとリンクしたように、どこかで消防車のサイレンが聞こえる。

「なんで……？」

「なんでってあんた、無名の劇団員がそれだけで食べていけるわけないじゃん？」

語尾をぴんと跳ね上げて美冬は言った。いつもの強気な美冬が顔を出したような言いかたにほっとしながらも、わたしはおおいに苛立った。

「そんなことはわかります。だからってどうして美冬が負担しなきゃいけないの？　それじゃ恋人ってより、まるで——」

「ヒモだって言うんでしょう」

美冬は声のトーンをぐっと落とした。また喧嘩になるのかもしれない。でももう退けない。

「……言うよ。ヒモだよ」

「やめてよ。あたしまだ気持ちの整理がついたわけじゃないんだから、悪く言わないでっ」

美冬はまた泣き声になった。

「ほんとに愛し合ってたんだから。ほんとなんだから」

「でも……他にも女性がいたってことなんじゃないの？」

「カネの関係だけだって言ってるから、そこは信じてあげなきゃって思……思うことに、してる」

「なんで発覚したの？　そもそも」

「ゆりくんの……ズボンのポケットから出てきたんだよ。くちゃくちゃになった、きったない字で書かれた借用書が」

それを見たときの美冬の絶望を思い、そしてあの児玉という男の我が家でのふるまいやステージ上での演技を思い、薄ら寒い気持ちになった。

「……美冬はいくら、貸してたの？」

「十万円を三回だから、三十万」

「さん……」

外口さんのタトゥー消しの費用と同額だ、と思った。

サイレンの音が、大きくなる。

熱を持ち始めた端末を耳にあてたまま、わたしはソファーに倒れるように座りこんだ。

「児玉さんはかっこ悪いよ。美冬にそんなことさせて」

友情の名のもとに心の奥へ押しやっていた違和感をずるずると引きずり出すイメージで、わたしは言葉を継いだ。

「かっこ悪いよ。ダサいよ。ヒモだよ」

「紗子！」

「言うよ。目を覚ましてほしいもん」

美冬。お願い。美冬。

「美冬が好きならどんなひとでもいいと思ったよ。でも女性から平気でお金借りる時点で、恋人にふさわしい男性じゃないでしょ。美冬はＡＴＭじゃないでしょっ」

勢いあまって、叫んでいた。だって、悔しい。悔しい。

「だっ……」

「なんなのよ、児玉ゆりいかって。なんなのよ、劇団員のくせにぜんまい座も知らないって。

なんなのよ、あのダサい舞台。美冬はほんとにいいと思った!?　ねえ。ほんとに感動した!?」

「……してない」

美冬は折れそうな声で答えた。

「正直、言えば、あのクオリティーであの料金設定……とは、思ったよ」

やっと彼女の本音に触れた気がした。

ファッションも読書や音楽の趣味もハイセンスな美冬が、あの舞台に価値を見出すとはどうしても思えなかった。

「――ごめん、はっきり言いすぎた」

「いいの。もう、いいの」

「恋は盲目《もうもく》だものね」

「……紗子さあ」

美冬は大きく洟をすすり上げると、急に明るい声で言った。

「琴引さんと、うまくいったんでしょ」

「え」

いきなり図星を指された。

「わかりやすすぎ」

美冬はようやく湿り気のない声になって笑った。

陶器のように滑らかな丘を、ヤギの毛でできたフェイスブラシがなぞってゆく。わたしも持っているやつだ。以前、誕生日に美冬がプレゼントしてくれた。

「すっ……ごい」

美冬はまた感嘆の声を上げた。その目はまだ少し充血しているけれど、声にはハリがある。

「もうほんと、これだけで完成しちゃうくらい。こんなに肌のきれいなひと初めて見たわ」

後半は周囲に目線を走らせ、他のお客さんに聞こえないようトーンを落として言った。

絶賛された門さんは、しきりにまばたきをしている。照れているときの癖だ。

実際、ファンデーションの上から軽く粉をはたかれた門さんの肌は、もはやフランス人形のそれだった。

「完全なる赤ちゃん肌。吸いつくようにもっちもち。そしてこの透明感」

「そんなにですか」

「そんなにですよ、門様。本当にうらやましい。肌は女の財産です」

わたしは少しだけひやりとする。

少し前の門さんなら、「そうやって古い価値観を再生産しないでください」とでも言いそうだ。でも今、彼女は鏡の中の自分に見惚《みと》れている。

「ほんとにきれい。自然な血色が絶妙だから、チークも要らないくらい。まあ差しちゃうけど」

美冬は楽しそうにチークのカラーを選び始めた。

よかった、と思う。

立ち直りの早いのが彼女の美点だ。昨夜はあんなに泣いていたのに、今日はぴしっと制服を着て職場であるコスメフロアに立ち、わたしの同僚にフルメイクを施してくれている。児玉にはあのあとすぐに連絡し、借金の返済義務を確認したそうだ。

でもそう思うと、わたしと連絡を取らずにいたこの一ヶ月というのは美冬にとってどんなものだったのだろうという気持ちにもなってくる。

「あの」

ヘアクリップで前髪を留められた門さんが、美冬の手元のカラーパレットを見ながら言った。

「はい」

「チーク、木南さんのと同じような色ってありますか」

「えっ」

ちゃんと見られてたんだ。そう思うと頬がぴりっと引き締まる気がした。

「わたしのは……ここのじゃないけど」

「紗子のはベージュコーラル系だよね。うーん、門さんのお顔立ちと瞳の色だと、ピンク寄りのほうが映えるかと思うんだよね。いかがでしょう」

いつのまにかさりげなく口調を崩しながら美冬はにこやかに説明する。

門さんは顔立ちが大人っぽいのでピンクのほうが意外性があるかもしれない、とわたしも横で思う。酒屋で年齢確認されたことのあるわたしには、桜餅《さくらもち》みたいなかわいいピンクは使えない。

手の甲で何色か試してみせたあと、結局その中間のサーモンピンクを門さんが気に入り、美冬は熟練の手つきでチークブラシを使い始めた。

フルメイクが完成したかと思いきや、美冬は再びシャドウブラシを手に取り門さんのまぶたの上で何往復もさせた。

「ちょっとちょっと、濃すぎませんかー」

戸惑うような声を上げながらも、門さんは嫌がらない。小首を傾《かし》げて顔の角度を変えながらサイドを確認したりしている。

仕上げにフェイスミストをしゅっとひと吹きして、美冬はようやくその手を下ろし、満足げな顔で門さんの首からケープを外した。

「いかがでしょう」

ヘアクリップを取って髪を整えられた門さんは、わたしの知っている彼女ではなかった。化粧映えする顔とはこのことだ、とわたしは衝撃に打たれていた。

百貨店のコスメフロアのざわめきの中に、ひとりのミューズが誕生した。

「……あ、あ、あの」

門さんは鏡を凝視し、顔の前で両手を開いたり握ったりしながら、

「こ、こぼれ落ちないですか、この顔」

とおろおろしたように言った。思わず笑いつつも、気持ちはわかると思った。

「手順とコツさえわかれば毎朝自分で作れますよ」

美冬は鷹揚《おうよう》に微笑んだ。やっぱりＢＡは彼女の天職だ。

門さんはがたんと立ち上がった。

「あり、ありがとうございましたっ」

「えっ」

「あの、これ、あとで買います。全部買います。っていうかここで働かせてください」

「へっ」

顧客カードを用意しようとしていた美冬が、漫画のように驚いた顔になる。

「た、ただ、ちょっ、ちょっと今は」

門さんはコートを羽織り、リュックをつかんだ。いつものように身体の前に引っかけようとして、一瞬ためらったのちに背中に回した。

「こっ、この顔を見せたいひとがいるんで、今すぐ」

そ、それは。わたしは生唾を飲みこむ。

「えっ、今から会いに……?」

既にスマートフォンを手にしている門さんに問いかける。終業後に一緒に西武線でこの池袋までやってきたけれど、押山くんはもう秋津の自宅に帰っているはずだ。金曜の夜だし、何か予定だってあるかもしれない。

「呼び出してみます。借りてた本あるんで、それ返すついでっていう口実はあるんで。そんで言えたら言ってみます」

「そっか、頑張って！」

「頑張ってくださーい、またお待ちしておりまーす」

わたしと美冬に見送られながら、門さんは西武線の改札目指して駆け出していった。


近隣のカフェに移動して文庫本を読みながら美冬の仕事が終わるのを待っていると、スマートフォンが震えた。

緊張しながら通話ボタンを押すと、いきなり門さんの声が内耳に飛びこんできた。

「ちょっ、あの、逆に向こうから言われたんですけど！　あの、木南さんたちも知ってるって、どういうことですかっ⁉」

わたしは笑って謝りながら、目尻に浮かんだ涙を小指で拭った。

明後日は、琴引さんが帰ってくる日曜日だ。


朝から気もそぞろに過ごす日曜日は曇りで、上階のマナトくんが床を踏み鳴らす音がよく聞こえた。

浜松から新幹線こだまで東京、東京から山手線《やまのてせん》で池袋、池袋から西武線で清瀬。頭の中で何度も何度も琴引さんの動きをなぞる。

『乗り継ぎました！　清瀬着16：25です！』

『了解です(^^)　改札まで迎えに行きます』

琴引さんがＬＩＮＥで知らせてくれた電車の到着時刻が近づくにつれ、心拍数が上がってゆく。

ずっとずっと待っていた時間が、いざやってくると怖くなるのはなぜだろう。一週間が一世紀に感じられるほど待ち遠しかったのに。

ばくばくいう心臓をなだめながら身支度を整え、大好きなひとを迎えるべく西武線の駅を目指す。

二月の夕方の風は冷たくて、でもブーツではなくパンプスを選んだ。

帰りはこの道をふたりで帰る、そう思うと少しでも軽やかでありたかった。

黒装束の集団とすれ違いながら駅の階段を踏みしめていると、ジャケットのポケットの中でスマートフォンが震えた。

「もう着きます」

わ、わ、わ。

心の準備。心の準備。心の……

改札の奥からどわっと人波が押し寄せてくる。

どんなポーズで迎えるのが自然だろう？　我ながら挙動がおかしくなって、結局ハンドバッグの柄を身体の前で両手で握った。

――あんた、そうして立っているとめっちゃお嬢っぽく見えるよ。

いつだったか姉に言われた言葉が蘇る。

大好きなひとは背が高く、人ごみの中で頭ひとつ浮いて見えた。

おそらく同時に目が合った。思わず「あっ」と言ってしまった間抜けな顔、見られただろうか。

呼吸を整える間もなく、ボストンバッグを背中に引っかけるように抱えた琴引さんは改札を抜けて目の前にやってきた。大きなストライドで、息を切らして。

「……紗子ちゃん」

わああ。大好きな顔。大好きな声。そして、名前呼び。

「おかえりなさい」

ずっとずっとずっと、待っていました。

ああ。世界から切り離されて、ふたりきりで浮遊しているみたいだ――。

「あの、俺、あのもう、速攻で言おうと思って」

「は、はい」

わっ、いきなり。心臓がもたない。

「じゃないと、あいつらが――」

あいつら?

「紗子ちゃん、俺あなたのこ」

「タイジ――――!」

そのとき、彼の名前を高らかに呼ぶ複数の声がした。

え。なに？　誰？

振り返ると、さっきすれ違った黒装束の五人組がぶんぶん手を振りながらこっちへ走ってくるところだった。

――あ、わかった。前に琴引さんの部屋に来ていたひとたちだ。あの金髪の女性もいる。

彼らはほとんど襲撃するように琴引さんに飛びかかり、ボストンバッグを奪い取った。

「ちょ、おまえら……」

琴引さんは彼らの勢いに完全に押されている。

「水くさいじゃんかよお、到着時刻くらい教えろよ」

「ってかなんだよおまえ、戻って早々ナンパかよ」

「いやあ、じいちゃん残念だった！　呑もう、呑んで忘れよう」

「乾杯だ、ほれ、ビールたんまり買ってあっから」

「ばーかソウスケ、献杯って言うんだよこういうときは」

口々にやかましく言いながら、彼らはほとんど琴引さんを担ぎ上げるようにして連れ去ってしまった。

浮遊感はすっかり消え失せて、わたしは駅の雑踏の中にぽつねんと取り残された。

頭の整理がつけられないまま来た道をひとり戻ろうとしていると、商店街の入口付近で琴引さんとさっきの黒いグループが揉み合っていた。

「ちょっと」「俺は」「今日は約束が」などと琴引さんの叫ぶ声がきれぎれに聞こえる。

遠巻きにそれを眺めていると、琴引さんがこちらに気づいた。

「だからついてくんなって！」

彼らに怒鳴りながら、琴引さんはこちらへやってくる。友人たちの視線がいっせいに注がれて、わたしは身を硬くした。

「紗子ちゃん！　ごめん、まじで」

あれっ、ナンパじゃなかったのお？　彼女？　マジで？　彼らが口々に言うのが聞こえる。

「ごめん、ほんとに、あの……」

「おーい、二〇一と二〇二」

突然、聞き覚えのある野太い声がした。目の前に停まったキッチンカーを運転しているのは、一〇一号室の府川《ふかわ》さんだった。

「今日カレー大量にあるんだけどさ、食べに来ない？」

わたしたちは、まとめて府川さんに回収された。

琴引さんの友達たちもみんな旺盛に食べ、呑んだ。ひと通りサーブを終えた府川さんも座りこみ、おいしそうにビールを呑んでいる。

「紗子ちゃんほんとごめんね、こいつら図々しくて、暑苦しくて」

琴引さんは何度もわたしに謝るけれど、間近で接してみると彼らが悪いひとたちではないことがすぐにわかった。異様にテンションは高いけれど最低限のデリカシーはあり、フレンドリーさと厚かましさの違いはわきまえている集団のようだった。

府川さんのことはホストかつ目上の人間として接し、わたしにはあれこれ質問をしつつもプライベートすぎる話や琴引さんとの微妙な関係には踏みこんでこなかった。

「はい、燃えるごみこっちー」

「あ、じゃあこの袋、缶専用にしまーす」

てきぱきとごみを分別し、空いた食器をどんどんキッチンに運び、手分けして洗ってゆく。そのふるまいは見ていて気持ちがよかった。

みんな黒装束に身を包んでいるのも、喪に服す琴引さんへの彼らなりの同調であるらしい。ひとりだけ混じっている女性はナッチと呼ばれていて、ソウスケという髪の傷んだ男と恋人同士であるそうだ。よけいな勘繰りは無用のようだ。

――そんなことより。そんなことより。

笑顔を貼りつけて会話に参加しながら、わたしは内心やきもきしていた。

琴引さん、さっき駅で、言いかけた。「紗子ちゃん、俺、あなたのこと」ってたしかに言った、その先を聞くために今日まで待ったのに。

隣に座る琴引さんをそっと窺い見る。そのたびに目が合う。

彼がさりげなく酒類を避けて飲んでいることに気づいていた。献杯のときは缶ビールを持ち上げたけれど、賑やかに喋りだした友人たちが見ていない隙に烏龍茶に持ち替えていたのだ。だからわたしも、ナッチさんのために買われたノンアルコールカクテルを拝借していた。お酒が呑めない体質のふりをして。

「えっと、それで二〇一と二〇二は付き合ってるんだっけ」

斬りこんできたのは府川さんだった。

わたしはおつまみに伸ばしかけた手を止めた。みんながいっせいにこっちを見る。

「……や、まだです」

琴引さんが硬い声で答えた。

顔が上げられない。

「もしかして俺ら、邪魔しちゃった系?」

シューヤンと呼ばれている男が言った。

ふいに泣きそうになる。こんなはずじゃなかった。目の縁《ふち》がじんと熱くなる。

「行こう」

琴引さんがわたしの手首をつかんだ。片手で荷物を持ち、立ち上がる。

わたしも慌ててハンドバッグを手にした。心臓が痛いほど跳ね回っているけれど、不思議と冷静だった。

挨拶もそこそこに、手を引かれたまま外へ走り出た。

わたしの手首をしっかりとつかんだまま、琴引さんは階段を駆け上がる。

触れている部分が熱く、自分の手じゃないみたいだ。

ふたりとも鞄は持ったものの、コートを府川さんの部屋に置きっぱなしだ。吐き出す息も白い。なのに、まったく寒さを感じない。身体の末端まで熱い血が駆けめぐっている。

二階の廊下に着いて、部屋に連れこまれるのかと思いきや、琴引さんはそのままさらに駆け上がってゆく。

最上階の四階からさらに小さな階段を上がると、屋上だ。琴引さんは片手でフェンスの扉を開く。

以前、流星群の夜にひとりでこの屋上へ来てみたことはあったけれど、それっきりだった。四階の住人の誰かが干しっぱなしにしているシーツが夜風にはためいている。

瞬《また》き始めた冬の星座の下、誰もいない屋上の扉を内側から閉め、琴引さんはわたしの手を引いたまままずんずん歩いてゆく。

埼玉方面を見渡す一角のフェンスぎりぎりまで来ると、荷物をどさりと放り投げてわたしを抱きしめた。

わたしの手からもハンドバッグが落ちる。

大好きなひとの左手が背中に、右手が後頭部に回される。強く強く圧着されて、わたしたちの距離はようやくゼロになった。

もう誰も、邪魔しない。しないよね、神様。

「紗子ちゃん」

耳元でささやかれて、身体の芯に火がついたように熱くなる。それはたしかにフィジカルな反応だった。

はい、と返事をしたものの、口が琴引さんの肩に強く押しつけられていて、もごっ、としか言えない。

帰省していたせいかいつもの香料の香りは淡く、琴引さんのにおいがした。

「あの——」

そこで琴引さんはわたしから身体を離した。顔が近い。身構える暇もない。

「俺の」

彼の喉がかすかに上下した。

「恋人になってください」

胸の中に高波が押し寄せて、砕け散る。

「もちろんです」

震える声で答えた瞬間、鼻の奥がじんとしょっぱくなった。

は——っ。

肩を大きく上下させて安堵の溜息をついた琴引さんは、顔をくしゃくしゃにしてまたわたしを抱きしめた。心臓がいくつあってもたりない。

「ありがとう」

「あり……ありがとうございます」

その広い背中に、わたしもそっと手を回した。

現実は夢よりすばらしいと、生きてきて初めて思った。

「――よかった、ほんとに。まじで」

しばらくののち、琴引さんが身体の奥深くから取り出したような声で言った。

「隣の部屋の男に好かれてるなんて、気持ち悪いっしょ。下手すりゃストーカー案件でしょ」

「そんな」

びっくりして身体を離し、琴引さんの大きな瞳を見つめた。

「それ言ったらわたしだって……」

「あ、やばい」

琴引さんは急に目を逸らした。そのまま口を押さえて横を向いてしまう。

「直視しないで。抑えがきかなくなるから」

抑え?

「あの、大丈夫だから。俺、ちゃんとコントロールするから、心配しないで」

コントロール……?

「潔癖症にもちゃんと配慮するから」

配慮……?

「だから、そんなかわいい目で覗きこまないで。めちゃくちゃにしたくなる」

琴引さんは、大きな手で顔を覆ってしゃがみこんでしまった。

星空がわたしたちを見下ろしている。


隣人と恋人同士になったら、いきなり愛欲の日々が始まるのかと思っていた。

心の距離のほうはみるみる縮まっていった。今までよりも一歩突っこんだ話題に触れ、誕生日を確認し合い、生い立ちや親兄弟について詳しくたずね合った。親密な空気の中で血の通った会話を重ねた。他人行儀という名のヴェールを少しずつ剝がし取るように。

出歩くときは手をつないだ。指先がそっと触れ、やがていわゆる恋人つなぎになると、あたたかいものが胸を満たした。

外食はもちろん、誘い合ってどちらかの部屋で食事をすることもあった。

初めてわたしの部屋に彼を入れたときは、吐きそうなほど緊張した。

けれど琴引さんは、わたしの料理を褒め、上品にコーヒーをすすり、ソファーの上で少しだけハグをすると、隣の部屋へ戻っていった。

膝や踵《かかと》のケアまで万全にしてあるわたしはいつでも空回《から》る。

コーヒーじゃなくてお酒を出せばよかったのかな、などとずれたことまで考えた。

ライター業が本格的に忙しくなってきた琴引さんはいつだって〆切を抱えているから、だから夜、誘われないのかな。そう考えて自分を納得させようとした。

でも、それではキスひとつしない理由にはならない。初めて抱きしめられたときは情熱的で積極的なひとだと思った琴引さんは、付き合ってみるとあまりにもジェントルだった。ひとつ思い当たるのは、「潔癖症にもちゃんと配慮するから」というあの言葉。もしかして、潔癖症の人間＝キスもそれ以上も嫌い、と思われているのだろうか？

違うのに。琴引さんなら、なんだっていいのに。

なにしろ彼と出歩くようになったわたしは、電車に乗るときマスクを着け忘れるほどゆるい人間になってきているのだ。潔癖症が自分のアイデンティティだとは思えなくなるほどに。

壁一枚隔てた向こう側にいる恋人に悶々《もんもん》とする日々が過ぎていった。

門さんは本当に美冬のところで働くことになった。

あの翌日、ひとりで美冬のコスメカウンターを再訪し、言葉通りメイク道具一式を買い求めたというから驚きだ。ひとりで行くはずだったネパール旅行をキャンセルし、その資金を購入に充てたという。

そんなにうまくいくわけないと思いきや、ＢＡでひとり産休に入るスタッフがおり、その代理が未定だったという。嘘みたいにうまくいってしまった。

チーフである美冬は面接にも同席し、コスメはど素人だけれど美肌と美声を持ち勉強熱心な門さんのことをいたく気に入って人事にプッシュし、四月から契約社員として採用されることがばたばたと決まった。

語った。

「コスメやメイクに詳しいからってＢＡに向いているとは限らないのよね」と電話でしみじみ語った。

あの日美冬のところへ門さんを連れていったわたしは、彼女の人生をいじってしまったのかもしれない。

そう考えると恐縮するような落ち着かないような気分になるけれど、門さんは新しい仕事と恋人を得ていきいきとしている。必死の研究の成果でメイクもずいぶん上達し、久しぶりに手土産を持ってきた久保田さんを驚かせていた。

そんなわけでこのお客様サポートセンターでの彼女の最終出勤日が近づき、後任となる新人スタッフが採用され、研修も始まった。

押山くんは「辞める必要なくね？」とぶつぶつ言っているけれど、その頬が緩みまくっていることにわたしは気づいていた。

一線を越えた男女というのは、見ていてなんとなくわかるものだ。なにげない会話で。醸し出す空気感で。

ああ、若いふたりに先を越されてしまった。

三月末のその夜も、仕事終わりに待ち合わせ、隣町のレストランとカフェをはしごしてアパートたまゆらへ帰ってきた。

どちらの店も開店から間もなく、コトブキタイジのグルメレビューの対象のため、わたしはいつものように持参した一眼レフで記事用の写真を撮った。

帰り道では、路上で出会った猫なんかもカメラに収めた。わたしがカメラを専用鞄にしまいこむと、琴引さんは待ちかねたようにするりと指を絡めてきた。

アパートたまゆらの二〇一号室の前まで来ると、琴引さんはいつものようにわたしを抱き寄せた。やさしく、けれど力をこめて。

「おやすみ」

長い抱擁のあとで身体を離すと、琴引さんは自室の部屋の鍵を取り出した。

「おやすみなさい」

わたしも充足しているふりをして、鍵を取り出し、軽く手を振る。

心の中は泣きそうだ。

たりない。全然たりないよ、琴引さん。

ＬＩＮＥが届いたのは、お風呂を沸かしているときだった。

『だめだ』と、ひと言だけ。

『なにがだめなんですか？』

ＬＩＮＥキャラクターの絵文字を添えて返すと、光の速さで返信が来た。

『原稿が手につかない。紗子ちゃんの顔が見たい』

顔から火が出るかと思った。

『そ、そんな（照）』

『煩悩に勝てない』

……え。煩悩って、え、え。

どぎまぎしていると、スマートフォンがぶるぶると震え、恋人の名前が表示された。

「ごめんね、遅くに」

さっき会ったばかりの彼の声は、しっとりと色っぽくわたしの内耳に響いた。受話器越しだと、いつも半トーンほど低くざらりとして聞こえる。生で聞くのとはまた違った響きを持つ、愛《いと》しいひとの声。

「いえ平気です。琴引さ……」

「会いたい」

ついさっきまで会っていたのに、今だって壁一枚隣にいるだけなのに、琴引さんは言った。

「わ、わたしもです」

ふたりの熱が掛け合わさって、累乗《るいじょう》になる予感がした。電話の奥で琴引さんが微笑む気配がした。

「もうお風呂入っちゃった？」

「いえ、今まさに沸かそうとしてました」

「そう……今さ、ベランダに出てこれない？　寒くて悪いんだけど」

湯張りを中断し、ストールを肩に巻きつけてベランダに出た。冬と春が綱引きをしている時期なので、沁みこむような寒さはなく、吐く息も白くない。微風《そよかぜ》がわたしの髪を揺らした。

仕切り戸を挟んで琴引さんと身体を寄せた。なにこれ、直接くっつけないぶんどきどきするんですけど。

「ごめんね、急に。さっきも会ったのに」

夜の商店街とその真上に輝く星を見ながら話す。反対側の隣の多田さんの部屋からもまだ、灯《あか》りが漏れている。

「全然。嬉しいです。原稿進まないんですか？」

今、ブックレビューとグルメレビューのほかに、部屋に関するエッセイを『ＩＫＡＫＵ』というインテリア雑誌に寄せることになっていると聞いていた。最近のコトブキタイジの執筆ジャンルは実に多岐にわたっている。

「うん。このアパートたまゆらのことを書こうかなと思ってるんだけどさ」

「え、そうなんですか」

「うん……でもね、パソコンに向かっても紗子ちゃんの顔が浮かんでくるばっかかで」

「え……」

そんなこと言われたら。言われたらわたし、言葉だけじゃたりなくなってしまうんですけど――。

「照れますよ、そんなこと言われたら」

自分の熱い頬を左手で押さえようとしたとき、その手の甲に何かが触れた。琴引さんの指だった。

あっ、と思ったときには、琴引さんは身を乗りだしてわたしに唇を重ねていた。

まぶたの裏がちかちかして、足の先に力が入らなくなった。

数秒ののち、熱い唇はそっと離れた。

「琴引さ――」

「ごめん、いきなり」

初めてのキスの直後に、恋人は謝った。

「もう抑えらんなくて。ベランダだったら、これ以上近づけないから安心でしょ？」

「琴引さん」

言わなきゃ。言わないと。

「好きなひとと、くっつきたくない女性はいませんよ」

琴引さんはわたしをじっと見つめた。その瞳に宿る情熱を、わたしはたしかに見た。たしかに受け止めて、そして、返した。

唇が再び近づいてくる。今度はわたしも身を乗り出した。

夜のベランダで、わたしたちはもう一度長いキスをした。

第七章　燃やす

キスは、一度交わすと弾みがついてしまうものかもしれない。

ベランダでの初めて以降、わたしたちは頻繁にキスをするようになった。

アパートたまゆらの屋上で、階段で、部屋の前で。

路上で、駐車場で、エレベーターの中で。

琴引《ことびき》さんのキスはいつも突然で、でもわたしはその突然をある程度予測できるようになっていた。

唇を重ねるたびにときめきが胸の中で膨張し、暴発しそうになる。

四月から本社勤務になった琴引さんからは香料の香りがほとんどしなくなり、代わりにシャンプーやボディーソープや整髪料や、琴引さん自身の静かなにおいがした。

唇はときどき、耳たぶや頰やまぶたにも降ってきた。そのたびに、わたしの身体ははしたないくらい反応する。

わたしの唇をそっと押し開こうとする動きも感じた。けれど、それはいつも品よく引っこめられた。

自分がその続きを痛烈にほしがっていることに気づく。たぶん、おそらく、きっと、琴引さんも。

年度が変わり、桜が咲いて散り、若葉の緑が目にまぶしい季節になった。

門さんの後任のスタッフは、トランさんという在日ベトナム人の女性だった。日本語も英語も堪能《たんのう》なトライリンガルで、他所《よそ》でコールセンター勤務経験があり、着台までに時間がかからなそうだった。

「門《もん》さんは元気?」

トランさんが別室でコミュニケーター研修を受けているとき、外口《そとぐち》さんがふとたずねた。

押山《おしやま》くんはわかりやすく頬を緩ませた。

「え、元気っすよ」

「ねえ、どうしてあんなこと言ったの?」

わたしはずっと気になっていたことを訊いてみることにした。

「あんなことって?」

「前に、『女性は化粧するのが当たり前』みたいなこと門さんに言ったんでしょう」

押山くんは一瞬遠い目になって、それからうわあ、とうめいて頭を抱えた。

「気にしてたのかー、やっぱりあれ気にしてたのかー、だから急に化粧関係……」

「や、あの、結果的に自分のやりがい見つけることにつながったんだからよかったとは思うんだけどね」

慌ててフォローすると早口になった。昔から、焦ると早口になってしまう。この仕事を始めた頃、電話口で何度かお客様に指摘されたこともある。

押山くんはおもむろに顔を上げ、壁につけて配置してあるカラーボックスを指差した。

「だって、あそこの」

外口さんが自宅から持ちこんで閲覧・貸し出し自由にしている、雑誌や書籍の類が並んでいる。わたしたちはそれを「外口文庫」と呼び、ときどき自分たちも何冊か足してみたりしている。

琴引さんのレビューが載っている号のファッション誌も立てかけられている。

「あそこにある女性雑誌、ぱらぱら読ませてもらったことがあったんすよ。そしたらまあ、『大好きな彼を振り向かせるメイク』だの『恋するオンナの恋するコスメ』だのばっかりじゃないっすか」

「ああ……」

責任を感じるわ、と外口さんがつぶやいた。

「少なくとも職場にすっぴんで来るようなひとは俺のことなんか男とも思ってないんだろうなって思ったら、嫌味のひとつも言いたくなっちゃって」

そこでお客様からの入電があり、わたしは押山くんに深くうなずいてみせながら応答ボタンを押した。

恋する男女の心理はなんて合わせ鏡のようなんだろうと思いながら。

「かしこまりました。それではまず、ＸＣから始まる型番をお教えいただきたいのですが……」

淡々と業務をこなしながら、ゆっくりと感情をニュートラルに戻してゆく。

ああ、明日の夜はまた琴引さんとのデートだ。


「タイジって、わかりづらいでしょ。あんまり表情に出さないから」

ナッチさんが人懐っこい笑顔を寄せて言った。

その恋人のソウスケ（なぜかこのひとにはあまり敬称が似合わない気がする）がノリのいい曲を歌って座を沸かせ、琴引さんは笑ってその姿を見ながらデンモクを引き寄せている。

テーブルの上にはフリードリンクやアルコールのグラスがひしめき合い、氷が融《と》けてぐずぐずになっている。空《から》になったお皿がまだソースやチーズのにおいを放ちながら割り箸と一緒に重ねられている。

「タイジと愉快な仲間たち」と自称する彼らは琴引さんの大学時代からの仲間で、正確には「さるびあ会」という文芸サークルの同期なのだという。

浪人して入学したというシューヤンさんとイナバさんはみんなよりひとつ上の三十二歳だった。

わたしが彼らに混ざって遊ぶのはこれが二度めだ。前回は花見、そして今回はボウリングを経て、夕食を兼ねたカラオケに来ていた。三十一歳のひとたちの選択にしてはびっくりするほど健全な気がした。

最初は騒がしいだけの印象だった彼らなのに、それぞれのパーソナリティを把握するにつれ、驚くほど居心地のいいグループであることに気づきつつあった。

店選びの趣味もいいし、酒は呑むが羽目は外さない。年齢相応の知識や社会性もあり、みんなでせわしなく喋っているように見えて実は気遣い合っている。

琴引さんからわたしのことを聞いているのか、花見のときの敷物《しきもの》の上にもこのカラオケボックスのテーブルにも、誰かが用意した除菌ウェットティッシュの筒がさりげなく置かれていた。

なんといっても、ふたりきりのときには見られない琴引さんの姿を見られる貴重な機会でもある。今日だって、歌声を聴けてしまった。選曲のセンスも知った。

マイクを通した彼の声はチョコレートで言うならセミスイートで、わたしはうっかりみんなの前でとろけ顔にならないよう腐心した。

金髪のナッチさんは夏代《なつよ》という名前で、世話焼きな性格だった。唯一の喫煙者だけれど、吸うときはきちんと席を外し、紫煙のにおいをさせて帰ってきた。

わたしはなんだか彼女に気に入られ、すぐにLINEをやりとりする仲になった。

美冬に、夏代。なんだかわたしの女友達は季節を名に持ちがちだ。

「ほんとポーカーフェイスだからさあ、あいつ」

「うーん、最初の頃はそう思ってましたけど」

ソウスケの歌声にかき消されないよう、ナッチさんの耳元に顔を寄せて返事をする。外資系の化粧品の香りがした。

「最近は結構、わかりやすく笑ってくれたりするから……」

まともに答えようとしたら急に恥ずかしくなって、わたしは口ごもった。

「サコちゃん、かわいー」

ナッチさんはわたしの頭をぐしゃぐしゃに撫でた。向かいに座る琴引さんがちらりとこちらを見た。

「愛されてんだねー、よきよき」

「いや……どうだか……」

琴引さんの視線を感じつつ、その顔が見られない。

「ね、ソウスケと話してたんだけどさ、今度ダブルデートで旅行とかしない？　四人で」

「えっ」

思わず変な声が喉から出た。

「沖縄とかさ、いっそソウルとか。人数いた方が大皿料理とか楽しいし、カップルで写真も撮り合いっこできるしさ。あ、そういえばサコちゃんって写真やるひとなんだっけ」

そうなんです。答えながら、かすかに動揺していた。

だってまだ、わたしたちは。

みんなと別れて琴引さんと西武線に乗りこむと、少しほっとした。グループで過ごすのは楽しいけれど、やっぱりまだどこかよそゆきの顔をしていたことに気づく。肩にも力が入っていた。

それにしても、男女混合でわいわいできるコミュニティを社会人になってから持つことができるとは思わなかった。恋人が、世界を広げてくれた。

黄色いベタ塗り車両の、先頭車の隅に並んで立つ。マスクを取り出そうとしてやめた。最近のわたしは、ひとりで乗るときしかマスクを使わなくなった。塩化ビニール手袋も持ち歩いていない。自分でも信じられない変化だ。

それでも吊革には極力つかまりたくないわたしを気遣って、琴引さんはわたしを連結部分のドアに寄りかかれるような立ち位置を選んだ。

「ナッチとなに喋ってたの、カラオケんとき」

わっ。やっぱり見てたんだ。

「ぎくっ」

「なにそれ」

ごまかそうとしてオノマトペを口で言うと、琴引さんは目尻に皺を作って笑った。その笑顔が胸の内側を無遠慮にくすぐってゆく。

恋人同士になってから、琴引さんはポーカーフェイスを、わたしは潔癖症を、少しずつ〝解除〟しているような気がしていた。

「女同士の秘密でーす」

「秘密っすか」

「そうなんすよ」

「ま、いいんだけどさあ」

ひばりヶ丘。ひばりヶ丘。車内アナウンスが流れ、下車するひとたちのうねりができる。急行から各停に乗り換えてきたひとたちが、空いたスペースめがけて尻を埋めてゆく。

これから同じアパートに帰るけど、同じ部屋に帰るわけじゃないんだよなあ。

かすかなアルコールの名残《なごり》を喉の奥に感じながら、わたしは嬉しいような淋しいような気持ちを持て余した。

「ごめんね、また『さるびあ』に付き合わせて」

琴引さんがぼそりと言った。

「あいつら、俺のこと好きすぎるからさあ」

「あはは、人気者」

「紗子《さこ》ちゃんとセットで来いってうるさいしさあ。ふたりきりにしろっつーの」

あはは。また笑ったとき、電車ががたんと揺れて減速を始めた。

「……お客様にお伝えいたします……えー、ただいま……線路に人が立ち入っているとの情報があり……この列車、東久留米《ひがしくるめ》駅手前にて少々停車いたします……」

車掌のアナウンスが流れ、溜息や不満の声があちこちから漏れる。ふざけんなよお、という心ない言葉も聞こえる。

でも、わたしはそれどころではなかった。さっきの揺れで体勢が崩れ、琴引さんがとっさにわたしの背面の壁に手を突き、正面から見つめ合う格好になったのだ。

顔が……近い。

視線を逸らすタイミングを逃して、わたしは黒目がちな琴引さんの顔と真正面から向き合ってしまう。琴引さんも言葉をなくしていた。

──あ。

唇がすっと近づいてきて、わたしの唇に重なった。

「……ごめん」

わたしの肩にかくんと顎を乗せて、琴引さんは謝った。初めてのキスの、あのときのように。

「全然」

周りの視線が怖くてつむったまぶたを開けられないまま、幸せすぎて明日にでも死ぬんじゃないかと思った。

「おまえの写真、パクられてんぞ」

久しぶりに電話してきた久米《くめ》は、開口一番そんなことを言った。

そのときわたしは琴引さんと水族館デートをきめて、足を休めながらアイスを食べていた。美冬とよく来る沖縄のアイスの店だ。

わたしがスマートフォンの振動を気にしていることに気づいた琴引さんがいろいろと察しながら「出ていいよ」と言ってくれたので、わたしは上半身を半分ねじり、サンシャインシティのフロアの雑踏を見ながら通話する形になった。

「……なにそれ」

「カワセミの写真だよ」

胸に氷をあてられたような気持ちになった。

あの大切な写真が？　無断転載……？

「どこぞのインスタ女子がアイコンにしてたよ。おまけに『私、こういう写真を撮っております』とか書き添えて投稿してんの」

「意味わかんない……」

「まあ、商業利用じゃないから法的手段はギリ要らないと思うけど、悪質だよ」

「……よく気づいたね、久米」

あ、名前を出してしまった。琴引さんの視線を感じた。

「LINEでID送っとくから見といて。とりあえず本人には俺からも警告のコメントしといたから」

「わかっ……た、ありがとうね。わざわざ」

左手に持っていたアイスに何か力がかかった気がして振り向くと、わたしのダブルの上段に琴引さんが直接かじりついていた。

「わっ」

「え、紗子？」

「なんでもない……きゃ」

琴引さんは無表情で唇の端に付着したサトウキビ味のアイスを舐め取ると、その顔を寄せてきた。アイスで冷えた唇がわたしの耳たぶに触れる。

ぞくりとしたのは、不快感ではなかった。

「ちょ、あの……」

琴引さんは無言と無表情を貫きながら、さらにキスをしようとしてくる。近くに座っている女子大生っぽいふたり組が口元を押さえてこちらを見ている。

「もしかしてデート中でした？」

ようやく察した久米は、声のトーンをぐっと下げて言った。

「そうなの、実は。ごめん、あとでかけ直すから」

恋人の横で「かけ直す」はまずかったかな。口に出したあとではっとして琴引さんの顔を見ると、案の定憮然《ぶぜん》としていた。

これは、いろいろ、まずいのかもしれない。

「……へー、幸せそうですなあ」

久米は久米で、おもしろくなさそうな声を出す。胸の内側を冷や汗が流れてゆく気がした。

「教えてくれてありがとね、じゃあね」

「もう、やった？」

「へ？」

「もう肉体関係？　ひょっとして、最中？」

かっと頭に血が上った。

「まだですっ！」

勢いよく通話を切った。

おもむろに体勢を直すと、琴引さんは長い脚を組み替えて唇を尖らせていた。

残りのアイスをかじりながら事情を説明する。無断転載と聞いて琴引さんも心配顔になった。

ＬＩＮＥを開いて確認すると、久米が貼ってくれたリンクは既に無効になっていた。

『光の速さでインスタ退会したみたい。でもこれからもああいう手合いは現れる可能性あるから、写真の隅に署名入れるなりしといたほうがいいよ』

『ありがとう』

あ、と打っただけで先頭に出てきた変換予測をタップして、わたしは今度こそスマートフォンを鞄にしまいこんだ。

署名かあ。

こんな事態を予測していなかったから、写真サイトやＳＮＳでは「ｓａｋｏ　ａｎｄ…」とか「りこりす」とかふざけた名前で活動してきたけれど、ちゃんとしたクリエイターネームのようなものを考えるべきなのだろうか。コトブキタイジさんみたいに。

「ところで」

紅芋のアイスを食べ終えた琴引さんは、また脚を組み替えて言った。

「粂粂ＣＬＵＢさんとはどういったご関係なんですか？」

駅までの道でも、西武池袋線の中でも、琴引さんは終始不機嫌だった。

でも、正直に話す以外わたしになにができただろう。

訊かれたらちゃんと話そうと思い定めて以降、本当に訊かれなかったのをいいことに今まで黙っていたのが裏目に出たのだろうか。

――それにしても。

わかりやすく唇を尖らせて「ふーん」ばかり言っている琴引さんは、意外なくらい子どもっぽい。

ただの嫉妬なら構わない、むしろ嬉しいくらいだけれど、わたしに失望してしまったのだったらと思うと心がじくじくと痛んだ。

かつて身体の関係をもった男のところへバレンタインに転がりこむような、いつまでも連絡を取り合っているような、そんな軽率でだらしない女だと思われたのだとしたら。

胸がきりきり痛み、わたしは心臓のあたりを押さえた。

来るべき時が来ただけなのに。

ほとんど会話もないままアパートたまゆらへと歩き、臙脂《えんじ》色の扉の前に帰り着いてしまった。

「じゃあ、おやすみなさい」

泣き声になりそうだった。精いっぱいの笑顔を作り、鍵を取り出そうとした。

二〇一号室の前で立ち止まっていた琴引さんが、身を翻すようにこちらへ来た。

驚く暇も与えられなかった。

二〇二号室の扉に勢いよくわたしを押しつけて、琴引さんは唇を重ねてきた——そして。

熱い舌に口の中をかき回され、頭の中が真っ白になった。

「……おやすみ」

唇を離した琴引さんはわずかに息を切らしてささやくと、自分の部屋の扉の奥へ消えた。

ばたん。

その響きが、いつまでもアパートの廊下に響き渡っているような気がした。


せっかくの大型連休が、少ししか逢《あ》えずに終わろうとしていた。

前半は琴引さんの原稿の〆切やキュレーションサイト用の取材旅行が詰まっていたし、わたしも大学時代の友人たちと毎年恒例の女子旅があった。

後半はわたしが秋田の親戚の結婚式への参列を兼ねて帰省しなければならなかった。幼い姪とたっぷり遊ぶ約束もしていたし、有志による中学三年時のミニ同級会もあった。

限られた時間で食事を共にしたり、ベランダで待ち合わせてキスをしたり、それぞれの出発を駅まで見送ったりすることしかできないのは、恋愛初期のわたしたちにとって歯がゆいばかりだった。

それでも。

照れまくりながら連休の予定を確認してきたときの、琴引さんのあの表情。それを思い出すだけで、胸の奥がせつなく絞りあげられるような気持ちになる。

「じゃあ、六月の紗子ちゃんの誕生日にはどっか行きたいな……泊まりとかで」

たしかにそう言ったのだ。

泊まりとか。泊まりとか——。


『結婚式の写真送って。紗子ちゃんがドレスアップしたやつ』

秋田の実家で過ごす夜、琴引さんに頼まれて、姉に撮ってもらった写真の中から厳選した数枚をＬＩＮＥで送ると、

『やばい。ほんとにやばい』

と返ってきた。

『なにがやばいんですか』

『言えない』

もう！　もう！　もう！

実家のベッドでずっしりした綿布団にくるまりながら、わたしは悶絶《もんぜつ》した。

五月五日の夜、Ｅ６系こまちで帰ってきてすぐに会うことができた。

琴引さんは駅まで迎えに来てくれて、わたしのキャリーケースを奪い、空いた手でわたしの手をしっかりと握ってくれた。

指先から、じわじわと気持ちが伝わってくる。渡り鳥が本拠地に舞い戻ったような、数式が正しい解を導き出したような、絶対的な幸福と安心感。

――わたし、このひとが好きすぎる。

いったん自分の部屋に戻ってトランクを入れ、軽く荷物を整理して、お土産を持って二〇一号室のチャイムを押す。

香料のにおいのずいぶん淡くなってきた部屋には、ソースの香ばしい香りが満ちていた。以前は本の山でふさがっていたダイニングテーブルで、彼が作って待っていてくれたオムそば（！）を一緒に食べた。

ああ、この部屋に来るとどうしても思い出す。ただの隣人として初めて訪れたあの夜を。この素敵なひとと本当に恋人同士になってこの部屋に出入りできるようになるなんて、わたしは前世でよほど善行を積んだのだろうか。

連休最終日の明日は、西武線沿線の遊園地でデートすることになっている。

幸せすぎて、めまいがしそうだ。

食後はソファーに移動して、わたしの秋田のお土産の地酒を開け、お土産のいぶりがっこをおつまみに、これまたお土産の七宝焼きのぐい呑みで晩酌した。

「オムそばなんて久しぶりに食べました」

「カレーじゃ芸がないし、どうせ府川さんに敵わないからと思って」

「……男のひとにこんなに手料理をふるまってもらうのって、初めてかもしれません」

思わずつぶやくと、琴引さんの熱い視線を頰に感じた。

「紗子ちゃんの、いろんな初めてになりたかったな」

えっ。

思わず隣に座る恋人の顔を見ると、耳のあたりまでうっすら桃色に染まっていた。目が据わっている。

「悔しいな」

琴引さん、酔ってる——？

気づけば一升瓶がほとんど空になっている。

酒どころに生まれ育った自分にはたいした量ではないけれど、もしかして琴引さんにとっては鯨飲《げいいん》だっただろうか。

「琴引さん、酔ってま……」

「紗子ちゃん」

抱き寄せられ、その腕に力がこめられ、頭を抱えて深く口づけられた。最近はもうすっかり慣れてきた、大人のキス。

舌が絡まり、頭の芯が痺《しび》れたようにぼうっとしてくる。

今、互いの口の中を行き来している何億個もの細菌のことなんて、水たまりに落ちる雨粒くらい瑣末《さまつ》なことだった。

「めちゃめちゃ会いたかった」

どさり。

琴引さんは、わたしをソファーの上に押し倒した。

少し節くれた長い指を持つ、琴引さんの大きな手。

PCのキーボードを叩き、香料を調合し、バイクのハンドルを握ってきた手。

その手が今初めて、わたしの身体の上をさまよっていた。

ためらうように、待ちかねたように、確かめるように、彼の手はわたしのカーブや膨らみに触れてゆく。

全身の神経が鋭敏になり、きつく目をつむると、その手の熱さと震えがよりはっきりと感じられた。

息もできず口もきけないくらいどきどきして、でもどのみち唇は唇でふさがれていた。

だから、心の中で何度も名前を呼んだ。

琴引さん。琴引さん。琴引さん。琴引さん。

——大好きです。

琴引さんはソファーに広がるわたしの髪の毛をかき上げ、むきだしになった首筋に唇を押しあてた。

「……あっ」

思わず声が出た。琴引さんははっとしたように顔を上げた。

「ごめん、理性飛びそうで、俺……」

大きな黒目が至近距離で揺れている。

「紗子ちゃんの気持ちとか体調も考えずにがっついて、酒の勢いでだなんて、最低だよね。初めてはやっぱりほら、海の見える白いペンションとかがいいよね、はは」

「あの」

照れ隠しのようにべらべら喋る琴引さんを、わたしは遮った。

「わたし、嫌なんて言ってないですよ」

こちらを見下ろす琴引さんの両目が見開かれた。

「琴引さんと出会ったこのアパートたまゆらで、って思いますよ」

恋人は顔をくしゃくしゃにして、また唇を降らせてきた。


「自分の部屋のほうが落ち着くでしょ。俺もちゃんと準備するし」

琴引さんはそんな配慮をして、一時間後にわたしの部屋で待ち合わせるという提案をした。

それは正直ありがたかった。身体も洗わずに踏みきるなんて、わたしにはまだハードルが高すぎる。余計な心配ごとで頭をいっぱいにしてしまいそうだ。

いったんひとりで二〇二号室に戻り、帰省前に片付けた室内、特にベッドまわりをあらためてチェックし、熱めのシャワーを浴びた。

服の上から琴引さんに撫でられた場所に、そっと触れてみる。

このあとあの大きな手に直接触れられるのかと思うと、身体の奥がきゅんとせつなくなった。

いつのまに、こんなに待てなくなっていたんだろう。

念入りに全身をケアしながら、わたしはゆっくりと呼吸を整えた。


きっかり一時間後にわたしの部屋のチャイムを押した琴引さんは、シャンプーやボディーソープの香りとともに入ってきた。

「お邪魔します」

彼のTシャツ姿を初めて見た。筋肉質の二の腕にどきりとする。

ぎこちなく靴を脱ぐ恋人を、ぎこちなく見守る。

間がもたない。

「……コーヒーでも飲みますか」

「そ、そうですね」

「あっごめんなさいコーヒーないんだった、ココアでもいいですか」

「もちろん、あの、なんでも」

ぎくしゃくと会話して琴引さんを居間のソファーに座らせ、キッチンでミルクココアを作る。

落ち着けたはずの心臓が、また苦しいほど暴れ始める。

しばらくの間、ココアをすする音だけが部屋に響いた。

隣に座る琴引さんがばりばりに緊張しているのが手に取るようにわかった。酔いが醒めて通常モードに戻ってしまったのだろう。

音楽でもかけたほうがいいだろうか。そう思ったときだった。

かたかた、かたかた。

テレビデッキが小さく振動音を立てた。

「地震っ」

琴引さんが急いでマグカップをソーサーに戻し、わたしをかばうように抱きついてきた。わたしも慌ててマグを手放す。

かたかた、かたかた、かたかた。

いや、地震じゃない。これは――

「……あっ！　ああんっ！　ああああー……っ！」

二〇三号室の多田《ただ》さんの喘ぎ声だ。

わたしを抱きしめたまま、琴引さんは硬直している。

「ああん！　あっ、あっ、あんっ！　ああんっ！」

その声は以前聞いたときより激しく淫らで、デリケートな雰囲気を跡形《あとかた》もなく消し去るのに充分だった。

「……ときどき、聞こえるんです」

抱きしめられたままぽそりと言うと、琴引さんは我に返ったようにわたしから身体を離した。

「激しいんだね」

仕方なさそうに笑いながら、琴引さんは頭をぼりぼり掻《か》いた。

「ぶち壊しだよね……参ったな」

でも。わたしはもう、それどころではなかった。

抱きしめられて至近距離で見た琴引さんの左上腕部に、小さなすみれのタトゥーが刻まれているのに気づいてしまったから。


梅雨入りにはまだ早いものの、朝から篠突《しのつ》く雨だった。

バスに乗って出勤すると、外口さんはやっぱりデスクで菓子パンを食べていた。

「お、早いねえ。そっか、雨だからバスか」

わたしに笑いかけながらめくっているのは、インテリア雑誌『ＩＫＫＡＫＵ』の最新号だった。

ああ——どうして今までちゃんと見ていなかったのだろう。

わたしは鞄を椅子の座面にどさりと置くと、デスクまわりを除菌するより先に壁側のカラーボックスに歩み寄った。

外口さんが自宅から持ちこんだ雑誌の数々、「外口文庫」。その背表紙のひとつひとつにそっと触れて確認する。

ファッション雑誌から文芸誌までジャンルのばらばらなそれらに共通しているのは、コトブキタイジの寄稿した記事が載っていることに違いなかった。

版元から寄贈された掲載誌を琴引さんにもらうようになって、わたしの部屋にもこれらとほとんどそっくり同じ品ぞろえの雑誌の棚がある。

「ん？　なんか気になるのあった？」

「外口さん」

「はい」

「タトゥーって、もう全部消えました？」

「え？　ああタトゥーね、ちょうど来週最後の予約入れたとこなの。もうほとんど消えたも同然」

「……そうですか」

「うん。どした？　なんか、テンションが」

「もし」

「うん」

「もし、そのおそろいで入れたお相手が今も消さずにいたとしたら、どう思います？」

外口さんは睫毛《まつげ》エクステを施した重そうなまぶたを瞬《しばたた》かせた。

たっぷりグロスの塗られた唇にデニッシュのかすが付着しているのを、わたしはじっと見つめる。その唇にいったい何度触れたのだろう、わたしの恋人は。

「いや……さすがにそれはないんじゃないかな。もうずいぶん前のことだし」

「もしもの話です」

「うーん、まあ、あり得るかもしれないねえ。憎み合って別れたわけじゃないから」

「……永遠の誓いの証《あかし》に入れたんですもんね」

「はは、まあね。ほら手つなぐときってさ、だいたい女が左で男が右歩くじゃん？」

「そういえばそうですね」

「だからあたしが右腕で彼が左腕に入れとけばさ、手をつないだときにすみれの花同士が向き合うっていうね、ははっ。今思えばだいぶイタいよね、まあ若気の至りってやつよ」

「……そうなんですね」

「実はさ、ちなみにそのひと、ちょっと物書くひとでさ」

「……そうなんですね」

「雑誌なんか開けば原稿載ってて、消息わかっちゃうわけ。嫌になっちゃうよね、ははは」

そうなんですね、とわたしはまたつぶやいた。

窓ガラスを叩く雨が、激しさを増した。


「ねえねえ、最近さあ」

ナッチさんは明るい声で言った。その快活さの奥に重たいものが隠してあることを、わたしの耳はすぐに察する。

「はい」

「タイジに……タイジとうまくやってる？」

「ええ、まあ」

スマートフォンを左手に持ち替えて、わたしは右手でシーツの皺を直した。まだわたしのほかには誰も寝たことのないベッド。

「今も壁の向こうで原稿書いてますよ」

突き放したような声になってしまった。

「や、なんつーか……あいつ、ちょっと落ちこんでたから」

ナッチさんは早くも声のトーンをぐっと落とした。

「そうなんですか」

「サコちゃん、そろそろあたしに敬語使わなくていいよ。ってか、えっと……」

彼女が言いよどんでいる間にもう一度スマートフォンを持ち替えて、ベッドに横たわった。

タオルケットを首まで引き上げて、ファブリック用ミストをたっぷり噴霧した枕に頭を乗せる。

「……ごめん、実はいろいろ聞いちゃったわけさ。タイジ、なんかがっついちゃったんだって？　その次の日のデートあたりからサコちゃんが若干よそよそしくなって、最近もなかなか時間とってくれないって」

「はあ……」

「あいつ、あれでもめっちゃ抑制してると思うよ。あたしが男だったらとっくに手ぇ出してるよ。だからできればさ……許してやってほしいんだよな。サコちゃん潔癖だし、タイミングとかもあると思うけど」

そうじゃない、と心の中で言う。

「サコちゃん、来月誕生日なんでしょ？　あいついろいろ計画してるみたいだよ。本気でハマったら死ぬほど一途《いちず》なやつだから浮気とか絶対ないし、安心して身を任せちゃっていいと思うよ。あたしとソウスケが太鼓判押すからさ」

「本気でハマって死ぬほど一途な恋をしてたんですね」

「うん……えっ？」

「身体にその名前の花を刻みつけちゃうくらいに」

ナッチさんは押し黙った。なんと雄弁な沈黙だろうと思った。

「わたし、誰かと永遠を誓ったことなんてないんです。でも琴引さんは違いますよね」

「……昔の話だよ。転職して今の会社に入ったあたりで……別れたから……」

「お仲間も、みんなご存知なんですね」

「いや、ほら……」

「わたし、知りたくなかったです」

「サコちゃ――」

ごめんなさい。短く謝って通話を切った。

心の中まで除菌できたらいいのに。

そんなことを思いながら、きつく目をつむった。

「ねえ、俺なんかした？」

焦れたように琴引さんが言ってきたのは、デートの誘いを三回ほど続けてうやむやに流してしまった直後だった。

五月最後の、日曜の夜。

気持ちの通じ合ったあの屋上に「十分だけでいいから」と呼び出され、並んでフェンスに寄りかかっていた。一メートルほどのその微妙な距離が、今のわたしたちの心の距離を示していた。

半分より少し太った月は雲に隠れがちで、湿った夜風がうなじをすり抜けてゆく。あの夜と同じように、干しっぱなしの誰かのシーツが白々と闇に浮かび上がっていた。

「や……そういうわけじゃないんですけど」

「じゃあどういうわけ」

おそろしくよく似合うブラックジーンズに包まれた長い脚を組み替えながら、琴引さんは畳みかける。口調は穏やかながら、消化しきれぬ苛立ちがにじんでいた。

「忙しいならはっきり言ってくれたらいいのに」

彼が不機嫌なとき脚を組み替える癖があることを、わたしは最近発見した。立っていても座っていても見られる動作。

「琴引さんも、原稿とかいろいろお忙しそうだったじゃないですか」

わたしは静かに反論する。

「俺はさ……パンクしないようにちゃんとスケジューリングしてるよ。無名の頃は文字単価も気にせずに引き受けてたけどさ、最近はちゃんと仕事選んでるし、自分の首絞めない範囲でやってるよ。紗子ちゃんとの時間はちゃんと確保してあるし、そこは心配しなくていいよ」

ちゃんと、を多用しながら琴引さんは言った。彼にしてはとても早口だった。

彼の藍色のTシャツの袖が、夜風にはためく。その下に咲いている小さなすみれを、もう一度見たいような気も、二度と見たくないような気もした。

カンカンカンカン。遮断機の音に続いて、西武池袋線が夜を切り裂いて走るゴーッという音がする。

「――なんか、あの夜から変だよね？」

その言葉は、ずっと琴引さんの喉元であたためられていたのだろう。声の湿り気でそれがわかった。

「勢いで……あの、しようとしたこと、ほんとに悪かったと思ってるんだけどさ」

「そのことじゃないですよ」

わたしとの電話のこと、ナッチさんはなにも伝えてないんだな。そう思いながら答えたら、どこか含みのある言いかたになってしまった。

「じゃあ、どのことさ」

案の定、琴引さんはそこに食いつく。表面張力で保たれたコップの中のミルクのように、ぎりぎりのところで感情をコントロールしている声音。

ずっと片想いしていた相手が、わたしのことでこんなにも落ち着きを欠き、こちらの腹を探ろうとしてくる。そのことがたまらなく心をひりひりさせる。正とも負ともつかぬ感情が心の螺旋《らせん》をめぐり始める。

「わたしにも……自分にも、よくわからないんです」

「俺のこと、もう嫌になっちゃった?」

その心細そうな声は、わたしの胸をきゅんと貫いた。違います、と思わず大きな声が出た。

「わたし、こんなに……」

そのとき、誰かが屋上に上がってくる足音がした。フェンスの扉がキィ、と開かれる錆《さ》びた音が響き、反射的に身を寄せ合う。

おそらく四階の住人なのであろうその高齢の女性は、こちらにちらりと視線を投げると興味なさそうに目を背け、低い声で何か口ずさみながらシーツをわしゃわしゃと取りこんで戻っていった。

「俺さ、来週出張じゃん?」

しらけた空気を仕切り直すようにげほんとひとつ咳払いをして、琴引さんは言った。

その話はもう聞いていた。来週の後半、倉敷《くらしき》市へ二泊三日で。

「できればその前に、いろいろ話し合いたかったんだけど……紗子ちゃんの誕生日のこととかさ」

「あの、嬉しいの、ですが」

声が硬く尖る。カンカンカンカン、また遮断機の閉まる音。

「気持ちが……どうしても上向《うわむ》かなくて」

「なにがどうなってるのか、話してくれないの？」

「……うーん」

「なんか、俺ばっかり好きみたいだよね。わかってたけどさ」

とうとう、恋人はいじけた声でそんなことを言った。その声に含まれた何かが、わたしの心のレバーをがちゃんと引いた。

「じゃあ、わたしの名前でも身体に刻みますか⁉」

琴引さんは目を見開いた。

その顔を目に焼きつけて、わたしは身を翻す。プリーツスカートのまとわりつく脚を懸命に動かし、屋上の出口を目指す。

夜気がしっとりと重い。

もうすぐ、梅雨が来る。きっと、わたしの心にも。


『電話出てもらえないので、こちらに既読つけてもらえないでしょうか』

『はい。気持ちが落ち着かずごめんなさい。出張お疲れさまです』

『ありがとう。タトゥーのことは、ナッチから聞いたのかな？』

『いいえ、本人からです』

『本人？』

『すみれさんです』

じーん。じーん。じーん。じーん。

「……もしもし」

「ごめん、結局かけちゃって」

「はい……」

「えっと、え、本人ってなに？　どういうこと？」

必死ですね。そう言いたいのをかろうじてこらえた。

こんな状況なのに、数日ぶりに聞く琴引さんの声をわたしの耳は喜んでいる。それを認めたくなくて、スマートフォンを持つ手にぎゅっと力をこめた。

「どういうこと、というのは」

「いやあの、どうして？　なんで？　その――」

「外口すみれさんですか？」

電話の向こうで、琴引さんの喉が小さく鳴った気がした。

「……ナッチから名前、聞いたんじゃなくて？」

「ええ。机並べて働いてます。直属の上司です」

琴引さんは今度こそ言葉を失った。

「琴引さん」

無人の二〇一号室に接する壁を見ながら、静かに問いかける。

「……うん」

「琴引さんはどうして清瀬に引っ越してきたんですか」

「え……ええと」

「これは偶然なんですか」

「……偶然、じゃない要素も……あるかもしれない」

わたしは左手を額にあてた。ひどく冷えていた。

「紗子ちゃんに嘘つきたくないから言うよ。すみ……彼女とは六年付き合って、そのあとはほんとに断絶してたんだけど、でも」

小さく唾を飲みこむ音が、向こうに聞こえてしまいそうな気がした。

「今の会社の独身寮出て部屋探すとき、まあ、なんか……また会えないもんかなって気持ちは正直、あった。清瀬で働いてるらしいって、ちらっと聞いたから」

それって――それって、つい最近のことじゃないか。

まぶたの裏がじわりと熱くなり、視界が歪んだ。なんか、なんかもう、だめだ。

「よかったですね。すみれさんもきっと忘れられずにいますよ。琴引さんとは違ってタトゥーは消しちゃったけど、寄稿した雑誌をチェックしていますから」

「……タトゥーのことは、ただ金が」

「よかったですねっ」

「勘弁してよ」

とうとう琴引さんはうんざりした声を出した。

「いいわけくらいさせてよ。ライター業で金が貯まったら消そうと思ってたんだよ、俺だって。ただなんつーか、いつのまにか自分の一部になっちゃってて」

「自分の一部……外口さんが、自分の一部」

「だから違うって」

その声に含まれる苛立ちに、心臓が収縮する。

「すみれのことがなければ俺たちここで出会えなかったんだよ、なんでそう考えてくれないのっ」

「……だって」

「これ以上どうすりゃいいっつーんだよ、出張中なのに」

「ごめんなさい」

通話を切り、ついでに電源も落とす。自分のふるまいが信じられなかった。

――ああ、恋が滅んでしまう。

目の前にカクテルが置かれて我に返ると、お酒で顔を真っ赤にしたトランさんが押山くんに絡んでいるところだった。

「職場内でつかまえちゃうとかー、しかもこんな少人数のとこでとかー、超やばいと思います」

「うっさい、うっさい」

油断しているうちにそういう話題になっていたようだ。さっきまで、トランさんの出自とわたしのベトナム旅行の思い出を絡めて盛り上がっていた気がするのに。

「大丈夫、公認だから大丈夫」

向かいに座る外口さんは、日本酒を手酌しながらけらけら笑っている。その耳にはフランスのブランドのロゴを象った大ぶりのピアスが光っている。

「彼女さん、どんなひとですか。たしかモンさんっていうんですよね。ここに呼んじゃえばいいのに」

「うっさい」

「押山さんてSですかMですか」

「こらこら」

普段は聡明《そうめい》で常識的なトランさんだけど、酒癖が悪いひとだったのか。わたしが止めに入ると、その充血気味の目がこちらを見た。

「えっと、木南《きなみ》さんは」

どきりとする。今、水を向けられたくない気がした。

「ラブラブな彼氏さんがいるんですよね」

「はあ……まあ」

カクテルグラスの脚をもてあそびながら歯切れ悪く答えると、

「しかも隣人っすよ、り・ん・じ・ん」

ターゲットから外れてほっとした顔の押山くんが余計な情報を与える。

「え、ご自宅の?」

「アパートのですよね、木南さん」

「うん……」

「うわあ、こっちの方がえっちだわあ」

トランさんはビールの泡を口の端につけたまま声を上げる。店の喧騒にかき消されてくれ、とわたしは祈った。

「すごいです、そしたら毎晩……?」

「こらこら。全然そんなことありません」

「えー、あたしだったら毎晩しちゃう。交通費もホテル代もかかんないし最高」

「トランさんっ」

苦笑いだけでは乗り切れそうにない。アルコールのメニューを開いている外口さんをちらりと見る。

「みんなみたいに若ければ、あたしもそうするなあ」

はたして彼女はそう言った。忘れていたが、外口さんは顔に出ないだけで中身はしっかり酔うひとなのだった。

「外口さんも、若い頃は激しい系だったんですか？」

トランさんは水を得た魚のように食いついた。

なんだか無性に手を除菌したい気分になってきて、わたしはテーブルの下で両手を擦り合わせる。

「んー、ヤンキーだったからねえ」

――知ってる。

ツーリング仲間の女友達の紹介でタトゥーの彼氏に出会ったと、たしか前に語っていた。思えばそれがナッチさんであり琴引さんだったのだ。

「ヤンキーとセックスの頻度は関係ありますか？」

「トランさん、コンプラ！　コンプラ！」

なんだかんだで押山くんは楽しそうだ。

「そこは関係ないけど、まあ若ければサルみたいにするよねえ」

ぎゃははは。やだー。トランさんと押山くんが手を叩いて笑う。

わたしだけが、胸の中に冷たい炎を燃やしている。

琴引さんが出張から帰ってくる土曜日は曇天だった。

朝からひと言の連絡もない。もう、こんな不安定なわたしのことなど見放してしまったのかもしれない。

目を閉じるとあのすみれの花の幻影がまぶたの裏に何度でも蘇って胸を圧迫し、わたしは寝床から起き上がることさえできずにいた。

『めでたい！　ゆりくん借金完済\(^^)/』

スマートフォンがピロンと鳴って、ＬＩＮＥの受信を告げる。美冬からだ。

まだ完済していなかったんだ、という呆れた気持ちのほうが強かったけれど、同じテンションでお祝いの返信を打つ。

『これで三十万全額返ってきたからちょっとリッチ！　御飯奢《おご》るぜ〜♡』

『おお、それはぜひ(^^)』

『またスパとかも行きたいっすねー♪』

『いいっすね〜』

テンションの高い美冬に自分の現状について打ち明けようか逡巡したとき、

『そういえば紗子、前に私のあげたあれもう使った？』

首を傾げるキャラクターのスタンプと一緒にそんなメッセージが届く。

『ごめん、あれって？？』

『もう！　ストーンセラピーのだよ(`ε´)　高級スパなのにっ』

そう言われて思い出した。美冬が常連のお客様からもらったという、ホテルのスパのチケット。いつもスタッフの数より一枚多くくれるそうで、こっそり横流ししてくれることがあるのだ。

慌てて文机《ふづくえ》の引き出しを漁ると、クーポン券の類をまとめたクリアファイルの中にそれはあった。使用期間が来週末になっていて、冷や汗が出る。

『ごめん。ここって当日予約できるかな』


仰向けになったわたしの背中と腰骨のあたりに、セラピストが温めた石を差しこんでゆく。ひとつ、ふたつ……、四つも。肌との接触面からじんわりと身体が温まり、自分が石鍋料理のスープになったような気がしてくる。

お腹の上にもひとつ載せられ、両手にもそれぞれ握らされた。よく見えないけれど、黒っぽくて平たい、滑らかな石だ。

「お背中の下の石は、過去を表します」

過去、という単語に反応して、わたしを通り過ぎた人間たちとの記憶が身体の内側、ちょうど石で温められたあたりから噴出してきた。

久米と交わったあの暗室のにおい。先輩の彼氏と抱き合った小さな部屋。わたしに貢ぐのが好きだった気のいい男。わたしのことなんて本当は愛してもいなかった男たち。──そして、琴引さんに出会った夜の月の光。

「そしてお腹の上の石は未来です。トリートメント中は未来のことをお考えください」

柔らかな声が降ってきて、今度はお腹の上に意識が集まってくる。

未来。未来か。

考えるべきは、いつだって未来のことなのだ。わかりきっていたはずなのに。

「石の熱さ、大丈夫ですか」

「はい」

「もしですが、このあと感情が大きく噴き出してくるようなことがございましたら、大きく三回深呼吸して石と静かに対話なさってください」

セラピストの声とBGMの不思議な民族音楽の音色が混じり合い、やさしく鼓膜を震わせる。石と肌との境目が曖昧になり、やがて眠りがずるりとわたしを引きこんだ。


何年も眠ったような気がした。

施術後、ハーブティーを淹れに行ったセラピストを待ちながら手近にあった雑誌を引き寄せると、『IKKAKU』六月号だった。「住宅八景――わたしの暮らす部屋――」というコーナーに琴引さんが寄稿している号だ。

うちにも「外口文庫」にもあるのに、そういえば熟読していなかった。恋人同士になった頃から、逢えば生身の琴引さんのデータで頭がいっぱいになり、以前ほど熱心にwebの文章を追いかけることがなくなっていた。

ストーンセラピーで末端までほかほかになった指先で、ページをつまむ。しゃれたフォントで印字されたレイアウトが目に飛びこんでくる。

『東京郊外の小さなアパートが僕の住居だ。駅南口から延びる商店街には、綴《と》じ紐《ひも》一本から買える文具店や、鶏のオーブン焼きがおいしいレストラン、老舗の和菓子屋やレコードショップなど、血の通ったやりとりのできる個人店が軒を連ねる』

この辺は読んだ、と思いながら後半に目を走らせる。

最終段落まで来て、はっとした。

『それでもいつか、僕はこの愛すべき部屋を出てゆくのだろう。2DKには詰めこみきれないほどの大きな気持ちに出会ってしまったから』

二〇一号室の扉の前に、わたしはうずくまっていた。

梅雨寒を肌で感じながら、月の光を背中に浴びながら、いつまでもそうして待つつもりだった。

たん。たん。たん。たん。

聴き慣れた足音が階段を上ってくる。

たん。たん。──

足音は、わたしに気づいて止まる。

「……なにやってるの」

ボストンバッグを持った琴引さんが、あの日と同じ角度でわたしを見下ろしている。

膝に力をこめ、ゆっくりと立ち上がりながら口を開いた。

「鍵を、出先に忘れてきちゃったみたいで」

薄く笑いながら答えると、大きな黒目がさらに大きくなった。

やがて、恋人はふっと頬を緩めた。

「不動産屋は……もうやってないか」

「そうなんです」

「スペアキーもないんすか？」

「ないですね」

わたしたちは、瞳だけで会話した。そして琴引さんは言った。

「よかったら、うち泊めますけど」

その夜、人生で最も甘い時間がわたしを待っていた。


蜂蜜の中をのったりと移動する小さな気泡になったような、甘く濃密な日々が続いた。

互いの部屋を、いったい何度行き来しただろう。


「セックスってさ」

大切に、でも貪欲《どんよく》に扱ったわたしの身体を背中からやさしく抱いて、琴引さんはそんなことを言いだす。

最近買い足したばかりのシーツには、ふたりの身体で描かれた複雑な皺が寄っている。

「……はい」

「涙が出るんだね、本当に大事な相手とすると。知らなかった」

「……」

「……あの、ライターだから上手いこと言ってるとか思ってる？　まじだからね」

「琴引さん」

「うん？」

「そ……そんなとこ触りながら感動的なこと言わないでください」

「……」

「え、あっ……ちょ、ちょっとっ」


六月半ばのわたしの誕生日には、一泊旅行が実現した。

わたしの潔癖症と琴引さんのタトゥーを考慮して、露天風呂付きの個室を琴引さんが取ってくれた。

夢のような時間を過ごして帰ってくると、アパートたまゆらのエントランスにマナトくんがひとりでしゃがみこんでいた。わたしたちは慌ててきつく絡めていた指をほどいた。

「こんばんはー」

「こんばんは」

挨拶だけ交わして通り過ぎようとしたとき、ふたつの違和感に気づいた。

寡黙だったマナトくんがはっきりと喋ったこと。そして、三歳児がひとりでこんなところにいるということ。

「あれ、えっと、ママは……？」

「カレーおじさんのおへや」

黒蜜《くろみつ》色のTシャツを着たマナトくんは、わたしたちを見上げて明瞭に答えた。口調も眼差《まなざ》しも、前回会ったときとは別人のようだ。そういえば背丈もずいぶん伸びている。

「カレーおじさんに『うちのこになれよ』っていわれた」

「え」

琴引さんとわたしは顔を見合わせる。カレーおじさんと言えばもちろん、あのひとしかいないけれど――。

「ごめん！　ごめんマナト、お待たせっ」

一〇一号室のドアがばたんと開き、飛び出してきたのは顔を紅潮させた佐藤《さとう》さんだった。モスグリーンのワンピース姿。わたしたちの存在に気づいて動きを止めた。

踊り場での抱擁を見られたときと真逆の立場だな。混乱する頭で、かろうじてそんな感想を抱いた。

佐藤さんはぎくしゃくと会釈をすると、ものすごい勢いでマナトくんに走り寄り、その腕を引いて階段を上っていった。後にはカレーのにおいだけが残された。

わたしたちだけじゃない。いろんなひとが、動いている。

夏の気配が濃厚になってきた。梅雨の終わりを締めくくるように雨が降っている。

雨のせいにして外出を取りやめ、わたしの部屋のソファーの背を倒して、朝からたっぷりと抱き合った。怠惰すらも多幸感を高める一助となった。

タトゥー除去クリニックに通う琴引さんの左上腕部を、わたしはそろりと撫でてみる。外口さんの右腕に入っていたのよりふた回りほど小さなすみれの花は、あと三回ほどの施術で完全に消えるらしい。その日が待ち遠しいような、少しだけ申し訳ないような気がしている。

「俺の従兄弟がさ」

下着だけ身につけた琴引さんが、わたしの髪を手櫛《てぐし》でさらさらと梳《す》きながら語り始めた。琴引さんは、わたしの髪が好きだ。

「ゲストハウスやってるんだよね、北区の王子《おうじ》で」

「ゲストハウスですか」

「うん。知ってる?」

「はい、使ったことはないけど小説とかで」

「今度行こうよ。すごく感じのいいとこでさ、日本人でも訪日外国人でも誰でも泊まれるの。希望すれば長期滞在もできてさ」

「へえ……」

「そういうのにちょっと憧れもあってさ、俺。それで気軽に紗子ちゃんを泊めてみたりしたんだけど」

そこまで言うと、琴引さんは半身を起こしていたわたしをやさしく引き戻した。わたしのベビードールの裾をひらりとめくり、腰のあたりに手を添える。

「誰でもよかったわけじゃないんだからね」

そう言いながらその手をスライドし、胸の膨らみに触れる。あ、と思ったときにはもう、唇が重なっている。

わたしも言おう。

わたしの初めてになりたかったとあなたはすねたけど、大好きなひととしたのは初めてなのだと伝えよう。そもそも、心震えるほど恋したこと自体が初めてなのだと。嘘っぽく聞こえるだろうか。

二回めが始まっていることを察し、愛しい体重を受け止めながら、わたしは思う。この熱い唇が離れたら、言おう――

ぴんぽーん。

チャイムが鳴って、琴引さんはわたしの胸を揉む指を止めた。口づけたまま目を開けたので、大きな黒目にわたしが映っているのが見えた。

ぴんぽーん。

二度めのチャイムに、わたしたちはもそもそと身体を離す。インターフォンのモニターを確認して、ぎょっとした。二〇三号室の多田さんだった。

最初に感じたのは、さっきの「声」を聞かれてしまったのではないかという焦りだった。こちらは多田さんの「声」をさんざん聞いたのだ、当然その逆だって起こり得る――あんなに激しくはないけれど。

「どうしよう、苦情かも」

「なんの？」

「いや……あの、さっきわたし、うるさかったのかも」

「えええ」

琴引さんは笑った。

「そんなわけないよ、むしろ」

「とにかく出なきゃ」

わたしは観念してベビードールの上から手早くワンピースを身につけた。向こうからこちらの姿は見えないけれど、あられもない姿ではどうにも落ち着かない。

「――はい」

応答ボタンを押すと、多田さんは破顔した。

「あ、隣の多田ですう」

「こんにちは……」

「よかった、雨だからいらっしゃるかと思って」

「はい、あの何か」

どうしても声が硬くなってしまう。

「自然派化粧品って興味ありません？」

多田さんは口角を引き上げ、きびきびと言った。

「カスチール石鹸とか、無添加美容液とか、お好きじゃありません？　私ね木南さん、とっても安くお譲りできるんですよ」

「はあ……」

マルチ？　ねずみ講？　ただの自宅販売だろうか。不安と不快感がないまぜになる。

こういうひとだったのか、多田さんは。画面をよく見ると、何か紙袋のようなものを抱えている。

「これからの時代ね、地球との共存っていうのが人類の大きなテーマなわけじゃないですか。だけど高品質でナチュラルなものって、まともに買うと高いでしょう。でもうちならね木南さん、通販よりさらにお得に」

「結構です、要りませーんっ」

モニター前に割りこんだ琴引さんが怒鳴るように言った。そのまま通話ボタンをぷちりと押して、驚く多田さんの顔ごと消してしまう。

ほっと気が抜けた。

「ありがとうございま……」

「紗子ちゃん」

琴引さんはわたしを振り向いて言った。

「そろそろ引っ越しませんか?　一緒に」

エピローグ

バイクは風を切って走る。

恋人のシャツの背中が大きく膨らみ、袖がはためく。

いつかカワセミの捕食を見た湘南の川縁を目指し、タンデムライドで飛ばしてゆく。

一眼レフも目玉焼きトーストもウイルス対応除菌ジェルも後部シートのボックスの中にきっちりと収まり、モーターの振動が心地よく身体に響く。

恋人のお腹に回した腕に、わたしは時折意志をこめて力を入れる。

信号で止まるたび、彼はハンドルから離した手でその指先をやさしく撫でてくれる。

ふたつの手にはまったおそろいの指輪が、夏の光を集めて輝く。

「やっぱり、たまゆらより永遠がいいじゃないっすか」

照れたときだけ敬語に戻る愛しいひとが、そう言いながらくれた指輪。

わたしたちはもうすぐ、隣人ではなくなる。

悩み抜いて、会社は辞めることにした。

これまでと変わらずに外口さんと接するには、わたしには想像力が備わりすぎていた。「引っ越すことになったので」と退職理由をシンプルに告げると、外口さんは大げさなくらい悲しみ、惜しんでくれた。

一緒に暮らす相手は琴引さんというんです。その言葉は丁寧にたたんで胸の奥の洞《ほら》にぽとりと落とした。

この世はきっと、明かさなくてもいい事実にあふれている。


転職活動をしながら――しなくても暮らしてゆけるよと琴引さんは言ってくれたけれど――写真をもっと勉強し、本腰を入れて活動してゆくことにした。

フォトグラファーとして自分に新しい名前を与え、webに公開する写真には隅に小さくロゴ入りの署名を入れるようにした。これに関しては、わたしは久米に感謝し続けるだろう。

一緒に著作権について学び直した琴引さんは、わたしが写真を提供した記事では必ず名前を明記してくれるようになった。

その名前で名刺も作り、琴引さんに同伴して行った出版社のパーティーで配ったところ、驚くべきことにぽつぽつと仕事の依頼が来た。

今わたしは、未踏の草原に足を踏み入れた旅人のように胸をときめかせている。

夏休みには、ナッチさんカップルと四人で沖縄の離島をめぐることになっている。

一滴の海水に含まれる膨大な数の微生物を思ってくらくらしながら、それでもわたしは自分が旅を存分に楽しむことをもう、知っている。
目を閉じれば、白いビーチに足を濡らしてみんなにレンズを向ける自分の姿が、予知夢のようにまぶたの裏に現れる。

黒いバイクは風を切って走る。
恋人のお腹を抱きしめる。
カワセミが待っている。
彼が指先を撫でる。
やさしく、強く。
その仕草。
それは。
もう。
愛。

番外編　追いかける

「あー！　やば〜いっ」

富田《とみた》のどこか甘えるような叫びでなにが起こったかを察し、私は内心またかと呆れた。

「すみませえん！　またログアウトしないまま落としちゃいましたあ」

「はいはい、やっとくから先帰っていいよ」

私が言い終わる前から富田は塩化ビニール製の私物用バッグを胸にしっかと抱きしめ、すみませんお先失礼しますと頭を下げながら、照明の絞られた通路へ飛び出していった。

本当にわかりやすい子だ。彼氏ができるときまって注意力散漫になり、凡ミスを繰り返す。まだ入社して半年も経たない門《もん》さんさえやらかさないようなミスを。


池袋にある百貨店に入ったこのコスメブランドの小さな売り場で、私はチーフを務めている。ビューティーアドバイザー、略称ＢＡ。横文字の肩書きは聞こえはいいけれど、売上目標という名のノルマに縛られ、デリケートな化粧品を丁寧かつ適切に管理し、気の抜けない百貨店の売り場に立ち続けるのは、体力や神経を消耗し続ける地味な仕事だ。

恋でもしていなければやっていられないからだろうか、スタッフたちは全員彼氏がいる。

私を除いては。

レジの脇に据えつけられた端末を一日の終わりにシャットダウンするのは、遅番の仕事だ。顧客の個人情報のつまったデータベースをログアウトしないまま本体をシャットダウンするのは禁止だ。いくら起動時にパスワードをかけているとはいえ、万一ハッキングされたらひとたまりもない。

私は溜息をつきながら端末の電源を入れて立ち上げ直し、データベースをログアウトしてから、あらためてシャットダウンのボタンをクリックした。

そろそろ月末なので本部への報告文書も作成しなくちゃならないし、明日は大事なイベントがあるため早出しなければならない。

「……従業員の皆様……本日もお疲れさまでした……商品や金銭を適切に管理し……しっかりと閉店作業を行い……明日も健やかにお客様をお迎えしましょう……売り場に不要なごみや……不審なものはございませんか……」

この時間帯に全フロアで繰り返し流されるメロウな店内音楽に乗せたアナウンスが、ささくれた心には苛立たしい。

まだ冬の入口なのに、来月からはクリスマスソングがじゃんじゃん流される。独り身への嫌がらせだろうか。

思えばちょうど門さんが入社した頃に当時の男と別れてからというもの、びっくりするほど恋から遠ざかっている。

最後に付き合った相手を忘れられないとか、そんな感傷的な理由ではない。売れない劇団員だった。熱烈に愛しているつもりだったけれど、金の無心をされるようになったあたりから終わりは見えていた気がする。

親友が素敵な相手と結ばれるのを見て、自分も今後は妥協したくないと思い定めたことが、どこか枷《かせ》になっているのかもしれない。

「あのう」

暗がりから声をかけられ、私はびくりとしてエクセルに数字を打ちこむ手を止めた。

辛子色の袴《はかま》を着た若い男が通路からこちらを見ている。

これは――駅のコンコースを挟んで反対側にあるギフト用和菓子フロア「和匠《わしょう》　ちどり庵《あん》」の制服だ。最中《もなか》の有名なお店。

「……え、あ、はい」

「すみません今、話しかけても大丈夫ですか」

「あー、はい」

売上金の入金後なのだろう、男は現金袋を抱えている。入金所がこのコスメフロアの突き当たりから階段を下りた場所にあるため、閉店後はたくさんのテナントのスタッフがこの通路を行き来する。

「そちら、明日、メイクのイベントありますよね？」

男は探るように言った。

「ああはい、峰岸《みねぎし》だりあさんの……」

意図が読めずに私は戸惑った。たしかに明日はメイクアップアーティストを招いたメイクショーがこの百貨店の催事場を借り切って行われる。

「それなんですけど、申しこみ者本人じゃなきゃだめ……ですかね？」

「え？　代理でご参加ってことですか？」

「はい、あの、母がこのお店のお客だったみたいで」

「え……」

「その母が先月亡くなりまして、遺品整理してたら財布からイベントの予約券が出てきて」

「え、えっ」

足元がスッと冷えた気がした。

顧客の息子？　亡くなった？

「あの……どなたの……その……」

「大鍬《おおくわ》と申します」

「大鍬様⁉」

スツールからがたんと腰を浮かせた。

大鍬苑子《そのこ》。常連顧客だったそのぽってりとしたまぶたや、独特の整髪料のにおいが蘇る。

基本的にいつもぶすりとした機嫌の悪そうな表情で来店し、横柄《おうへい》にも思える態度をとる客ではあったけれど、気に入った商品には惜しみなくお金を使ってくれた。ＤＭをまともに読みこんでくれる稀有《けう》な顧客でもあり、新商品はいち早くチェックしに来てタッチアップを受け、購入していった。

「あら、いい色ね」――この秋の新作リップを試したときの、わずかにほころんだあの表情がまだ記憶に新しい。

言われてみれば、目の前の男にはどこか彼女の面影がある。暗がりに目を凝らすと、たしかに「大鍬」と書かれたネームバッヂが胸につけられていた。

「そんな……大鍬様が……なんで……」

「くも膜下出血でした」

「そ……」

「来週が四十九日法要で」

目頭《めがしら》がぼうっと熱くなり、涙腺が膨らむ。にわかには信じられなかった。

男の気遣わしげな表情で、自分が泣いていることに気づいた。特別に大切なひとというわけでもないのに、条件反射で流れ落ちる涙を止められない。

「……あの、なので、母が見たかったものを代わりに自分が見ることができたらと思いまして」

男は、暗がりの中で目線を合わせて言った。

目元には聡明さと意志の強さ、頬には人柄のあたたかさが漂う顔だった。

メイクショーはつつがなく進行した。

美容雑誌からたびたび取材を受ける峰岸だりあは中性的な魅力で人気を集めており、彼の一挙手一投足に甘美な声を上げるファンもいる。いつも個別に対応している顧客が一堂に会しているのを見るのは、毎度のことながら感慨深いものがあった。

門さんは、こうしたイベントで司会を担当するのが初めてとはとても思えないほど滑らかで美しい発声で、危なげなく進行させていった。

さすがコールセンター経験者。私は胸の中で称賛を贈る。

売り場にもよく遊びに来る門さんの彼氏に、恋人の勇姿を見せてあげたいと思う。なにしろ、私が施したメイクで彼女が告白しに行って結ばれたふたりなのだ。

普段あまり営業スマイルを作らない門さんだけれど、商品を買おうか迷っているお客様の耳元に「私、それつけて告白しに行って成功しましたよ」とキラーフレーズを耳打ちしたりする。そうされて購入に至らなかったお客はいない。

ぎっしり並んだパイプ椅子に座る客層の九十九パーセントはもちろん女性。その中に異分子として紛れているのが、大鍬要一《よういち》だ。

きまじめな顔でメイクモデルを見つめ、峰岸だりあの解説を真剣に聞いている。隣に座る顧客の女性がちらちらと彼を気にしているのが遠目にもわかる。

本来ならあの席に、母親の苑子が座っていたわけだ。しかしもう、彼女はこの世にいない。

ふと、胸を衝《つ》かれた。

自分だったら。もし——たとえば両親のどちらかが死んだとして、申しこんでいたイベントに代わりに出席したいなどと、そんな発想を持つことができるだろうか。

ステージに澄んだ眼差しを向ける彼をそっと見つめる。

雄弁な視線だっただろうか。彼が、呼ばれたようにこちらを見た。

目を逸らす間もなかった。

――あ。

心の湖面がざわりと波打った。


入金を済ませて、明かりの落ちた店舗に戻る。

月末最終日の今日も富田と一緒の遅番だった。例によってメロウな店内音楽を聴きながら、まだ電源の落ちていない顧客データの端末に手をかける。

「あ、チーフ」

商品のディスプレイに布をかぶせていた富田が振り向いた。

「ん？」

「たった今……」

紙袋を差し出してくる。その「和匠　ちどり庵」のロゴにはっとした。

「今、あの、大鍬さんって方が、飯坂《いいさか》さんにって、これ」

「えっ⁉」

富田が向けた視線の先、菓子売り場へ続く通路に、辛子色の制服の背中が小さく見えた。

「今日いっぱいで埼玉の店舗に異動になるんですって。チーフにお世話になったし、もっとお話ししたかったとかなんとか……あの大鍬様の息子さんですよね？」

「え、あ、うそっ」

心臓がおかしいくらい暴れているのがわかる。勢いあまって、データベースをログアウトしないまま電源を落としてしまった。

「あああっ……」

低くうめく。初めてだ、こんなこと。信じられない凡ミス。

でも今は、それどころじゃ――。

「走れば間に合いますよ」

私の挙動からなにやら察したらしい富田が言った。

「ごめん、でもあのこれ、ログアウトしないで落としちゃっ……」

「私がやっときますから！　追いかけて！」

なんてことだろう。羞恥《しゅうち》と、焦燥《しょうそう》と、予感のような胸の高鳴りと。

「走れっ！　チーフ！」

富田の声を背中に聴きながら、私は小さくなってゆく辛子色に向かって暗いコスメフロアを駆けだした。

あとがき

地方から上京してきたのは十八歳の春、大学進学に合わせてというかたちでした。

両親が「高校を卒業したら世間を知るためにいったんこの家を出ろ」という方針でしたし、言われなくてもそうするつもりだったので、東京都内の私大に通いながらひとり暮らしをしました。

最初に住む町も部屋も、「親戚に近い場所なら安心」という理由で、都内在住の姉を持つ父が勝手に決めてしまいました。そんなわけで、わたしは東京都清瀬市と縁ができたのです。

まさか自分が恋愛小説を書き、その舞台として描く町になるなどとは夢にも思わなかった頃。


せっかく地方から出てきたのだから二十三区内に住んでみたかったし、都心の大学へ通うには満員電車に揺られる必要がありましたが、その町に暮らすのはなかなか快適で、すぐに体が馴染む感覚がありました。

駅周辺にはチェーンのドラッグストアが立ち並んで価格競争しており、駅から延びる商店街には個人経営の店が連なっていて、日々の買い物にはまず困りませんでした。八百円で電池交換をしてくれる時計屋に、綴《と》じ紐《ひも》一本から買える文具店、ポイントカードがあっという間にいっぱいになるシステムのCDショップ。女性ひとりでも入りやすいラーメン屋に、気のいいご夫婦が営むカジュアルな料理店、ちょっとしたイベントや記念日に利用したいフレンチレストラン。どの場所にも思い出のかけらが散らばっているような気がします。

父なりに安全面や利便性を考慮してくれたらしく、賃貸物件は一階に管理会社とコンビニが入った、駅から徒歩十分弱のマンションでした。その最上階である七階の六畳1Kの部屋はとにかく狭く、バス・トイレもユニット型で、ミニキッチンには円盤形の電気ヒーターがコンロとして取り付けられていました。

ベッドとテレビと食器棚と勉強机を置いたら床の面積はほとんど残らないその狭い部屋は、それでもわたしだけの城でした。誰にも侵害されない完全なプライベート空間。家族の趣味が混じってちぐはぐになったりしないインテリア。自室にテレビもない、なんならチャンネル権もない少女時代を過ごしてきたわたしには、自分の好きなようにテレビを観ながら食事したりベッドに横になったりできるというだけでまさに天国でした。線路に近い立地でしたが、踏切の遮断機《しゃだんき》の警報音も電車の走行音も、なぜだか心を落ち着かせるのでした。

友達を泊めるのもわくわくしたものでした。最大で六人同時に泊まりに来たことがあり、計七人で騒いで雑魚《ざこ》寝しましたが、今思えばあの中で何人かは狭さに辟易《へきえき》していたかもしれません。

流星群の夜は、屋上に出ると、あちこちの部屋の住人が集まっていました。「あ、今流れましたね」とか「北の空に大きいのが！」等と、名前も知らないマンションの住人たちと感動を共有した思い出は、今でも流星群がやってくるたびに蘇《よみがえ》ります。

隣人との関わりはほとんどありませんでしたが、自分の暮らした四年の間に頻繁に入れ替わっていた様子でした。無人かと思うくらい静かな状態が続いていた隣室から、突然SMAPの「freebird」を歌う声が聞こえてきた夜を思いだします。ぼそぼそと歌い続けるその若い男性の声に、ああ飛び立ちたいんだね、と勝手に背景を想像してしまったのでした。

大学卒業後、さすがにもっと広い空間を求めてその物件の近隣のアパートに引越しをしました。部屋の広さは六畳から八・二畳になり、バス・トイレはセパレートになり、なによりベランダが五・五畳もある変わった物件でした。一階にはゲームセンターが入っていましたが、不思議とうるささは感じませんでした。ベランダを有効活用してたっぷりと洗濯物を干し、街の灯りでだいぶ弱められた星の光を眺めながらコーヒーやココアを飲みました。この頃から既に、紗子《さこ》はわたしの中に住んでいたのかもしれません。

広くなったのはよかったものの、この部屋は壁が薄すぎました。隣人の生活音がほとんど丸聞こえです。隣人の恋人がたびたび泊まりに来ては最終的に半同棲状態になり、諸々において昼夜問わず常軌《じょうき》を逸《いっ》した騒がしさだったためにノイローゼになりそうでした。そこにいたってようやくアパートとはこういうものかと実感したのでした。

やがてわたしは東京を出て埼玉県民になり、結婚してまた都内に戻りましたが、今は神奈川に根を下ろして暮らしています。引越しをしたぶんだけ部屋と出会い、部屋と別れてきました。

空っぽになった部屋の床をぴかぴかに磨きあげて不動産屋を待つ、あの時間特有のセンチメンタルな気持ちは何と名づければよいのでしょう。

本作の執筆中、ひとり暮らしの頃の雑多な思い出たちや他人の営みの気配が蘇り、温度や湿度を伴ってどっと胸に押し寄せてくるのを感じました。

埼玉県内で六年間暮らした2DKの部屋の間取りは、アパートたまゆらの設定に使わせてもらいました。琴引《ことびき》さんのような隣人は、さすがにいませんでしたが。

ちなみに「さこ」という名前は、手持ちのノートに創作漫画を描いていた子どもの頃、好んで使っていたヒロインの名前です。漢字は「砂子」でした。昔からなぜか好きな砂というモチーフは自分の筆名に使うことにしたので、代わりに「紗」の字を与えました。

琴引さんも紗子も、熱心に応援してくださる皆様が生命を吹きこんでくださったと感じています。おかげさまで、自分にとって初めての文庫がこうして誕生しました。

本作を愛してくださる方々、わたしという人間を小説家でいさせてくださる方々に、深く深く感謝いたします。

本作はフィクションです。実在の人物・組織・団体・名前などには関係ありません。

本作は二〇二一年に株式会社ＫＡＤＯＫＡＷＡから刊行された作品を、加筆・修正のうえ文庫化したものです。

検印
廃止

著者紹介　2020年、第5回カクヨムWeb小説コンテスト恋愛部門〈特別賞〉を『炭酸水と犬』『アパートたまゆら』で二作同時受賞し、翌年デビュー。他の著書に『黒蝶貝のピアス』がある。

アパートたまゆら

2023年5月31日　初版

著者　砂《すな》村《むら》かいり

発行所　(株)東京創元社
代表者　渋谷健太郎

162-0814/東京都新宿区新小川町1-5
電話　03・3268・8231-営業部
03・3268・8204-編集部
URL　http://www.tsogen.co.jp
晩印刷・本間製本

乱丁・落丁本は、ご面倒ですが小社までご送付ください。送料小社負担にてお取替えいたします。

ISBN978-4-488-80309-4　C0193

四六判並製

年齢、立場、生まれ育った環境――全てを越えた先の物語。

BLACKLIP SHELL EARRINGS◆Kairi Sunamura

黒蝶貝のピアス

砂村かいり

◆

前職で人間関係につまずき、25歳を目前に再び就職活動をしていた環は、小さなデザイン会社の求人に惹かれるものがあり応募する。面接当日、そこにいた社長は、子どもの頃に見た地元のアイドルユニットで輝いていた、あの人だった――。アイドルをやめ会社を起こした菜里子と、アイドル時代の彼女に憧れて芸能界を夢見ていた環。ふたりは不器用に、けれど真摯に向き合いながら、互いの過去や周囲の人々との関係性も見つめ直してゆく。

創元文芸文庫

働く人へエールをおくる映画業界×群像劇

KINEMATOGRAPHICA◆Kazue Furuuchi

キネマトグラフィカ

古内一絵

◆

老舗映画会社に新卒入社し“平成元年組”と呼ばれた6人の男女。2018年春、ある地方映画館で再会した彼らは、懐かしい映画を鑑賞しながら、26年前の“フィルムリレー”に思いを馳せる。四半世紀の間に映画業界は大きく変化し、彼らの人生も決して順風満帆ではなかった。あの頃目指していた自分に、今なれているだろうか――。追憶と希望が感動を呼ぶ、傑作エンターテインメント！